TAKE
SHOBO

富豪紳士の危険な溺愛

昼下がりの淫らな診察

みかづき紅月

Illustration
みずきたつ

蜜猫
MitsuNeko

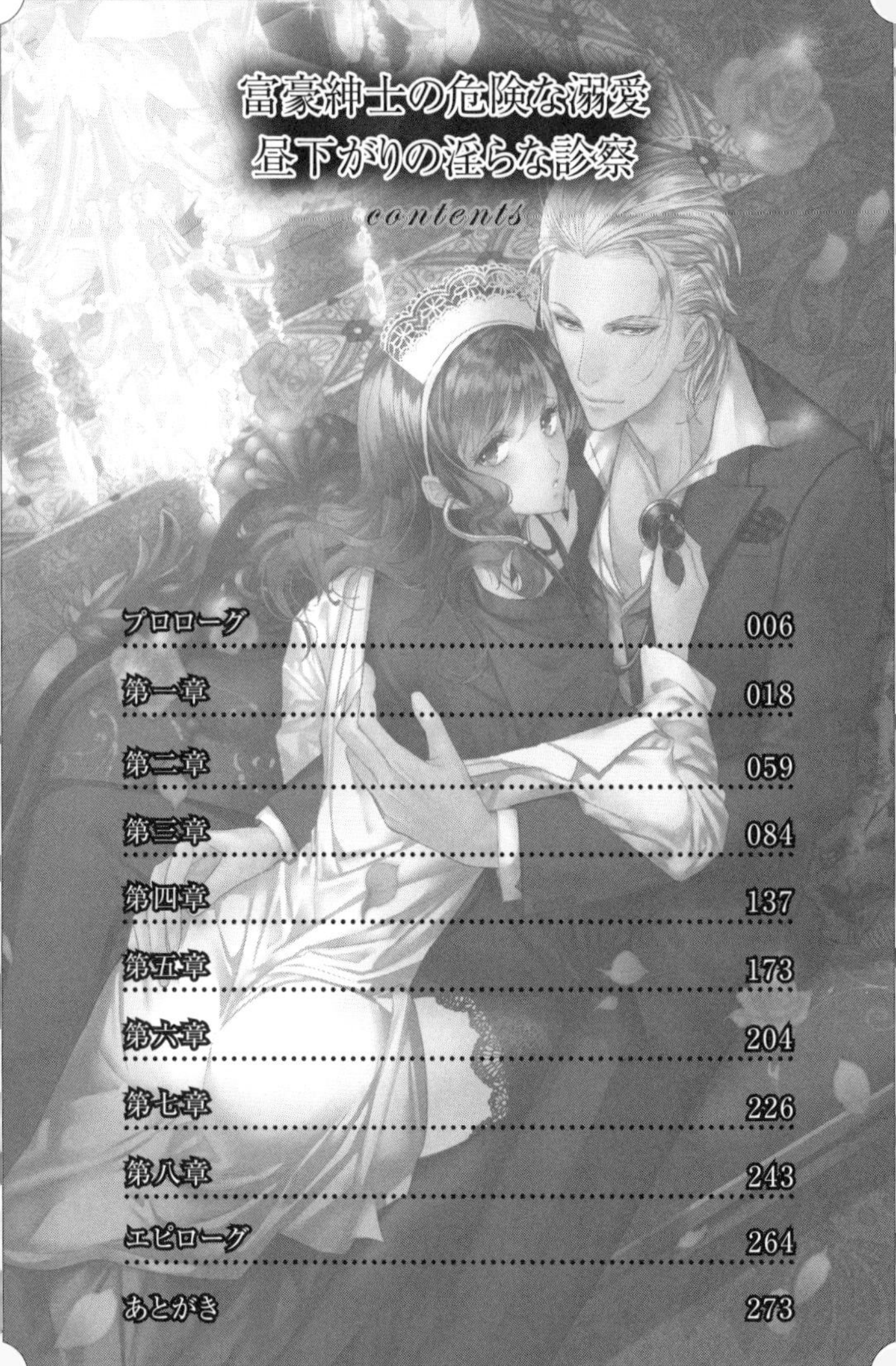

富豪紳士の危険な溺愛
昼下がりの淫らな診察

contents

プロローグ 006

第一章 018

第二章 059

第三章 084

第四章 137

第五章 173

第六章 204

第七章 226

第八章 243

エピローグ 264

あとがき 273

イラスト／みずきたつ

富豪紳士の危険な溺愛

昼下がりの淫らな診察

プロローグ

（ありえない！　自分で頭が良いと思いこんでいる強欲なバカほど救いようがないし、性質が悪いにも程がある！）

マナ・ローエンは、詰襟の古めかしいドレスワンピースの裾を掴《つか》むように握りしめ、苛立《いらだ》ちも露《あら》わに石造りの階段を上《のぼ》っていた。その勝気なはしばみ色の目には怒りが燃え盛っている。

レース編みのヘッドドレスは女性の医療従事者の証《あかし》であって、それ以外にアクセサリーの類は一切身に着けていない。

小柄なほうではあるが、背を伸ばして毅然《きぜん》とした様はそれを感じさせない。

彼女が目指すは、歴史と権威あるケルマー王立大学病院の局長室。

力いっぱいドアをノックすると、返事を待たずに「失礼します！」と肩をいからせて部屋の中へと乗り込んでいく。

「何事かね⁉　今は取り込み中だ。後にしたまえ！」

「いいえ！　こちらも至急の案件ですので譲れません！」

局長相手にも一歩も動じず、マナはカルテを机に叩《たた》きつけた。

「なんだね。これは――」

「昨晩担ぎ込まれてきた急患のカルテです。診療を後回しにしたのは局長の指示だそうですが、納得のいく説明を求めます！　ノード男爵の診療は緊急性を要するものではなかったはずですが、なぜそちらを優先したのですか？　彼女はあと五分処置が遅れていれば命にかかわる危険な状態でしたが、その認識はおありですか⁉」

「っ⁉　その件は後にしたまえ！　来客中に失礼だろう！」

「――っ⁉」

局長のただごとならぬ怒号にようやくマナは我に返る。

ハッとして局長の視線を追うと、来客用の応接セットのソファに立派な身なりの紳士が泰然と腰かけていた。

長めに伸ばした銀髪を後ろに流すように整えた彼の凛々《りり》しい眉の下には、アイスブルーの瞳が存在を主張している。

端正な顔立ちに切れ長の目、ただならぬ空気を身にまとった紳士は、皺《しわ》一つない上質な仕立ての濃紺のスリーピースのスーツを身に着け、その胸ポケットからはシルクチーフがのぞいている。

アラン・ロックフォード。

自動車業界の草分け的存在かつ世界的知名度を誇るロックフォード社を経営しており、自動車王の異名を持つほどの有名人。

さすがのマナも驚きのあまり一瞬言葉を失う。

一方の局長は、声色をガラリと変えてアランに頭を下げた。

「ロックフォードさん、申し訳ございません。大変お見苦しいところをお見せしてしまいまして……今すぐ出ていかせますので……」

「いや、私は構いませんよ。続きをどうぞ」

「――っ⁉」

気分を害するどころか、むしろ愉《たの》し気《げ》に目を細めて鷹揚《おうよう》に微笑《ほほえ》む紳士にマナは再度驚かされる。

なぜだろう？　局長にされたように相手に突っぱねられると負けてたまるかと思うのに、こんな風にすんなりと譲られるとかえって二の足を踏んでしまう。

「続きだなんて……さすがにそんなワケには……」

戸惑う局長にアランは告げた。

「私の要件は急ぎではありませんから――彼女の言うとおり、優先順位は間違えてはならない」

「いや、ですが、ロックフォードさんの貴重な時間をこんなことで浪費するわけには」

「『こんなことに』とは思いませんよ。むしろ、興味深い」

局長の言葉をきっぱりとした口調で遮ると、意味深な言葉で流し目をくれるアランにマナはムッとする。

「――お言葉ですが、見世物ではありませんので」

「失礼、そんなつもりはなかった。ただ貴女《あなた》に惹《ひ》かれてね」

「っ⁉」

（私に⁉　なぜ⁉）

彼の視点からすれば、来客中であるのもおかまいなく、いきなり怒鳴り込んできた女であってそれ以上でもそれ以下でもない。たとえその理由が譲るに譲れないものであったとしても、それは第三者には知りようのないこと。

まちがっても彼が「惹かれる」ような要素は皆無としか思えない。

怪訝《けげん》そうに眉をひそめたマナの心を見抜いたかのように、アランは笑いをかみ殺しながらソファから立ち上がった。

二〇センチはゆうに彼のほうが背が高いせいでもあるが、その身にまとったオーラのようなものにマナは気圧《けお》される。

それでも、一歩後ろに退きたい思いに抗《あらが》い、気丈に負けてなるものかと彼を見上げて真っ向から見据える。

「貴女のようにまっすぐな人間も最近では珍しくなってきた——」

アランはそう言うと、マナをまっすぐ見つめて穏やかに微笑んだ。

どちらかといえばいかめしい地顔が一転して緩んだ瞬間、マナの心臓が大きく跳ね上がった。

(ずるい……こんな不意打ち……)

その笑顔は、彼女が主に担当する子供たちのそれを彷彿《ほうふつ》とさせるものだった。

思わず直視するのが躊躇《ためら》われるほど、どこまでもまっすぐで——

だけど、どうしようもなく惹かれてしまう。

(噂《うわさ》と全然違う……本当に彼があのアラン・ロックフォード?)

世間では、己のビジネスにしか関心がない冷血漢で「無慈悲な悪魔」という異名をも持つという噂のはずだったが——

噂などにほとんど関心がない自分ですら知っているくらいなのだから、その冷血ぶりはよほどのものに違いないと想像もつく。火のないところに煙は立たずということわざもあるように。

だが、その噂と彼とが、まったくと言っていいほど結びつかない。別人なのでは？　と、思えてならない。

「貴女のような素晴らしい医師と出会えてよかった」

そう言うと、アランは手に持っていた書類をマナの目の前で破り捨てた。

「っ⁉　ロックフォードさん⁉　何を……」

局長が驚きの声をあげて目を剥《む》く。

「せっかくですが、先ほどの『紹介』の件は白紙に戻させてください。改めて、彼女にお願いしたい」

「いや、お言葉ですが彼女の実力はまだまだで……とても紹介はできません。まだ医師になって二年と日も浅いですし、普段は子供を専門に診ていて経験不足でもあります。その点わたくしが先ほどご紹介さしあげようとした医師は経験豊富で医局での評判もよく腕も立ちますので……」

「経験よりもなにより大切なのは志《こころざし》だというのが私の信条なもので」

有無を言わせないアランの強い口調に、局長はこめかみのあたりをひくつかせながらも押し黙るほかない。

いつも上から目線で嫌味《いやみ》しか言わない局長がアラン相手にみっともないくらいたじろいでい

る様に、マナは不謹慎だとは思う一方で胸がすくような思いがする。

そこでふと気が付いた。

こんな思いはいつぶりだろう？

大学時代も医師になってからも、いつだって正論をぶつけても「女のくせに生意気だ」と虐げられてきた。あからさまないやがらせをされることだって日常茶飯事。

まだまだ医師は基本的に男の世界ということもあって、周囲は敵ばかりで、味方をされることなんて皆無だった。

それでも屈するものかと気を張って戦い続けてきた。

ダメなものはダメだと、許されないものは許してはならないと――

何せ医師は人の命を預かっているのだから。

医師となって初めて、「それでよいのだ」と認められたような気がして――

気が付けば、ふっと肩の力が抜け、マナの目から一筋の涙が伝わり落ちていった。

「――っ⁉」

（どうしてっ⁉　こんなっ……勤務中だっていうのに……）

マナは思わぬ自身の反応に動揺を隠せない。

涙なんて誰にも見せたことがないし、職場で涙を見せるなんて言語道断。

と、その涙をアランの長い指が優しく拭ってきた。

「………」

全てを包み込むようなあたたかくて穏やかな彼のまなざしを受けて、マナの頬《ほお》は柄にもなく赤らむ。

すぐさま彼から顔を背けようと思うのに、金縛りにあったように身体が動かない。

すると、アランは彼女の目を情熱的に見つめながら言葉を続けた。

「いきなりの申し出で驚かせてしまうかもしれないが、貴女には私の主治医になってもらいたい」

「っ⁉」

一瞬、何を言われたか分からなかった。

だが、少し遅れてようやく考えが追い付いてくる。

(私が……彼の主治医に⁉)

あまりにも唐突な申し出に頭の中が真っ白になる。

「私は貴女のようにまっすぐな志の医師を探していたのです。だからこそ、この『出会い』を引き寄せたのでしょう」

低く男っぽくも艶のある彼の声に、胸が熱く震えて血が沸騰するかに思える。

「そんな……たまたまであって……」

「いや、全ては必然であって偶然などというものはない。全てには原因があって結果がある。ただの偶然に見えてしまうということは、失礼ながら局長のおっしゃるとおりまだまだ貴女の経験不足だ」

「——っ⁉」

（なんですって⁉）

不敵な微笑みを浮かべると、耳に痛い言葉を告げてきたアランをマナは睨《にら》みつける。

（なんなのこの人！　何を考えているのか分からない。人を褒めてるんだか、けなしているんだか……）

苛立ちも露わに、マナは彼に言い放つ。

「——経験不足で結構です！　どうぞ他の医師を当たってください。貴方《あなた》のような有名人ならいくらでも名医をお抱えできるでしょうから！」

アランは彼女の反応に肩を竦《すく》めてみせると、楽し気に口端をあげてこう尋ねた。

「名医とは？」

「えっ⁉」

いきなりの質問に虚を突かれて、一瞬マナは言葉を失う。

だが、すぐに気を取り直してよどみなく答えた。

「目の前で困っている人に可能なかぎり平等に手を差し伸べて、一人でも多くの人の苦痛を取り除くために最善を尽くす医師のことです」

脳裏に浮かぶのは妹の苦しそうな姿――マナが医師を目指したきっかけであり片時も忘れたことはない。

「少なくとも私欲のために動いたり、権威を振りかざさなければ気が済まないような人間でないことだけは確かです。苦しんでいる相手に心から寄り添える医師を名医だと考えます」

出世するのは、得てして「私欲のために動いたり、権威を振りかざさなければ気が済まない」タイプの医師が多いのだが――という皮肉と毒を込めて、彼ではなくむしろ局長に聞かせてやるつもりで言い放つ。

すると、アランは痛快といった風に笑いながら、彼女の手を取って握手をしてきた。

「いや、まったくもって素晴らしい。普段から考えていなければ、とてもこんな回答はすぐに出てこない」

「別に……医師として当たり前のことですから」

どうもいまいち彼の反応が読めず、マナは困惑しながらも仏頂面のまま、ツンと顔を背けてみせる。

「貴女がその『当たり前』を貫けば、間違いなく名医になれるだろう」

アランはそう言うと、背広の胸元に手をいれて革の名刺入れを取り出した。

そして、中から名刺を一枚とりだすと、万年筆で裏に番号を書いてマナへと渡す。

「――今回は振られてしまったが、気が変わったらぜひとも連絡してください。貴女の希望する契約条件以上の待遇を約束します」

そう言い残すと、アランは彼女にもう一度握手を求めてから局長を一瞥《いちべつ》し、悠然とした足取りで部屋を出ていった。

局長もマナも、唖然《あぜん》とした表情で固まったまま、しばらくの間動けずにいた。

（断ったにも関わらず諦めずに名刺を渡してくるなんて……しつこいっていうか……いずれは私がその気になるに違いないって思っているの？　どこまでの自信家なのだかっ）

診療後、マナはカルテの整理をおこないながらも、忌々しい思いで視界の端にうつる名刺と新聞の記事とを交互に睨みつけていた。

局長室での出会いから、早くも二週間が経《た》とうとしていた。

否《いや》、早くもというよりは遅くもといったほうが正しいかもしれない。

毎日忙しい日々を送っているマナにとって、時間は飛ぶように過ぎていくものだったはずなのに、どういうワケか彼と出会ってからというもの急に速度を落としたような気がしてならない。

（まあ、自信家でもなければ経営者なんて務まらないのかもしれないけれど……）

新聞の一面には、ロックフォード社が市場を独占して価格操作をしていることに対して非難の見出しが仰々しくおどり、経営者の顔写真も晒《さら》されている。

それは紛れもなく局長室で出くわした彼に他ならなかった。

ただし、新聞に掲載された写真は仏頂面に加えて目つきも鋭く、いかにも噂通りの「無慈悲な悪魔」といった感じが滲《にじ》みでている。

（印象操作……本当に……売れればなんでもいいと思って大げさな書き方を。それを真実と鵜《う》呑《の》みにする読者も読者だわ）

いつの間にか、忌々しい気持ちの矛先が彼から新聞記者や読者に代わっていることに気づいてマナの眉間の皺はよりいっそう深くなる。

（……バカらしい。たった一度しか会ったことがないっていうのに。彼の何を知った風な気になっているの？）

そう自身に突っ込みをいれるも、彼が一瞬見せたあの笑顔がまぶたの裏に焼き付いてしまって忘れられずにいる。

（私に主治医になってもらいたいだとか……冗談にも程がある……志がどうのこうの、あのたった一度きりの短い会話で私の何を知っているというの？　からかわれただけにきまっている……まだ女医が珍しいからって……）

そこまで考えてため息をついてしまう。

そう、まだまだ女医は珍しい。医療業界のような男社会の世界では風当りもつよい。

ただでさえ、地位や権威、名声、お金の集まる場所には、野心に燃えた人間が集まるものだし、そういった人間の恰好《かっこう》の的になりやすい。

加えて、男の嫉妬ほど醜いものはない。女同士の嫉妬なんてまだかわいらしいと思えるくらいに……。

不意に数々のいやがらせが脳裏にフラッシュバックして久々に気持ちが塞ぎ、マナはヘッドカチューシャに手を添えた。

本来、医師はカチューシャをする必要はない。それを義務づけられているのは看護婦のみ。

だが、大学病院で紅一点のマナには、カチューシャの着用が義務付けられている。

最初こそ着用を拒否したが、「女性なのだからつけるべきだ」と認められなかった。

医師であっても看護婦同然にしか思われていないのは明白で――

でも、だからこそ医師でありながらも、あえて堂々と女性である証のカチューシャをつけて彼らと戦おうと思い直しての今がある。

バカにしていた女医のほうがよほど使えるとしらしめてやれば、業界全体の女性の地位の向上にもつながるはずと信じている。

それに、そもそも「恰好」なんてどうでもいい。

自分の助けを必要としている人を一人でも多く救うことができたなら――他は些末《さまつ》なことだと、何度も自分に言い聞かせてきた。

ふと面会室でのやりとりが頭によみがえる。

いつも偉そうな態度で、口を開けば嫌味ばかりの局長が彼の前では青ざめきっていたのを思い出すたびに胸が晴れ晴れとする。

（……すごい人には違いないのだろうけれど）

そう胸の内で呟《つぶや》いたちょうどそのときだった。

電話のベルが鳴り響いて我に返る。

（もう診療時間は終わっているのに――）

急患の電話だろうか？

だが、通常直接医師がそういった電話を受けることはない。

不思議に思いながらも、受話器をとった。

「はい、ケルマー王立大学病院、小児科ですが……」

『アラン・ロックフォードと申しますが、ドクター・ローエンにお取次ぎ願いたい』

「っ⁉」

重低音の伸びやかな声が耳に飛び込んできて、マナは思わず受話器を取り落としてしまいそうになる。

(な、なぜ彼が⁉　私に電話をっ⁉)

「……ま、間に合っていますから！」

頭が真っ白になったマナの口からは、ワケの分からない言葉が出てきてしまう。

(って、何を言ってるの⁉　取り乱しすぎ！　落ち着かないと……)

『ああ、ドクターご本人でしたか。お久しぶりです』

彼が電話向こうで笑いをかみ殺している様子が伝わってきて、思わずマナはムッとするとツンとした口調で応じた。

「……おひさしぶりです。ミスター・ロックフォード……もう診療時間は終わっていますが……何か御用でしょうか？」

『ええ、お疲れのところ申し訳ない。時間外でなければ診療の邪魔になってしまうと思って、時間外に連絡させていただきました。先日はどうも――』

「……まだ明日の準備が残っていますので、ご用件は手短かにお願いできますか⁉」

どうせ直通の連作先は局長あたりが伝えたのだろうとげんなりしながらも、マナは口早に告げた。

『確かに。そろそろお返事をいただけたらと思いましてお電話差し上げました。私の主治医になっていただく件についてご検討いただけましたか？』

（――まさかあの話、本気だったなんて……からかわれただけだと思っていたのに）

驚くと同時に胸が甘く疼《うず》いて、マナは激しく戸惑いながらも言葉を続けた。

「……ですから、局長も申し上げておりましたとおり、まだ私は医師になって二年です。せっかくのお申し出はありがたいのですが……」

『――なるほど、まだ自信がないと？』

「っ⁉　そ、そういうわけでは！」

『ならば、断る理由にはなりませんね。経験を積みたければ私で積めばいい。貴女にとってもそう悪い話ではないと思います』

「…………」

確かに彼の言うとおりで、マナは一瞬言葉を失う。

あの世界的企業のロックフォード社の社長の主治医という肩書や経歴は――今後のキャリアにおいて確実に武器になる。

ことあるごとに「女医のくせに」と軽んじられることもそうそうなくなるだろう。

肩書や経歴に箔《はく》をつけるという考え方はあまり好きではないが、折に触れてその弊害に悩まされてきた身としては彼の言わんとすることが身に沁《し》みてよく分かる。

『お会いしたときにも申し上げたように、私が探しているのは誰よりも志の高い医師なのです。もしも他にご存じならば推薦願いたい』

続くアランの言葉は、マナの闘争心に火をつけた。

(他に？　ありえない。志だけは……誰にも負けていないって自負できる)

「……残念ながら心あたりはありません」

『ならば、やはりぜひとも貴女にお願いしたい』

「……ですが」

『とりいそぎ、一度私の屋敷にご足労ねがえますか？　試しに一度診ていただきたい』

「え？　ええ……別にそれくらいなら……」

思わずそう答えてしまって、しまったと思うも時すでに遅し。

『ならば、迎えをやります。十五分後に病院の正面玄関前で。夕食はまだですよね』

「まだ……ですけれど……って、ええっ⁉　今からですか⁉」

『申し訳ないが私のほうもいささか仕事が立て込んでいるもので――明日からしばらくの間、家を空けねばならないのです』

「……なるほど」

そんな風に言われてしまうと、つい納得してしまう。

『では、後ほど、お会いできるのを楽しみにしています。ドクター』

「っ⁉　ま、まだうかがうとお返事したワケでは……」

完全に彼のペースに流されてしまったマナがようやく我に返るも、すでに電話は切られた後だった。

「なっ……」

しばし、受話器を手にしたままその場に固まってしまう。

（なんて強引なの⁉）

話をしていたのは、時間にすればものの五分程度だっただろうか？

気が付けばいつの間にか彼の誘いに応じることになってしまったことに愕然《がくぜん》とする。

「…………」

沈黙したまま、ため息交じりに受話器を置く。

さすがはロックフォード社の敏腕経営者……恐るべし……。

悔しいやら感心してしまうやら複雑な思いを持て余しながらも、マナの胸の鼓動は加速する一方だった。

（とりあえずは準備しないと……）

一日朝から晩まで診療にかかりきりで、くたびれきっている姿で他人と会うのはさすがに気が引けるが、こんなにも急な申し出ではそれも仕方ない。

と、そこまで考えて、マナはハッとする。

（……私らしくもない）

別に相手が誰であろうと自分は自分。心身ともに必要以上に飾り立てる必要なんてどこにもないというポリシーに反する考えをしている自分に驚きを隠せない。

（いつの間に……本当に調子がくるう……）

自分のペースを崩されるのは好きではないほうだが、それでも彼が相手だとけして嫌だとは思わない自分に一番腹が立って仕方ない。

（……次は絶対にこうはいかない）

そう胸の内で決意しながらも、マナは無意識のうちに鏡を睨みつけて髪をなでつけていた。

※　※　※

果たして、アランが言っていたとおり、きっかり十五分後に黒塗りのクラシックカーが病院前の入り口の車寄せにやってきた。

「ドクター・マナ・ローエンですね。私はアラン・ロックフォードの秘書レーヌ・レンドと申します。以後お見知りおきを――」

「……マナ・ローエンです。この度はお世話になります」

レーヌは、淡い金髪をやや長めに伸ばして前髪を二つに分けた、身なりの立派な紳士だった。黒のスリーピースの細身のスーツの胸ポケットからはシャンパンゴールドのポケットチーフをのぞかせている。

身にまとう雰囲気が優し気で、アランのように威圧感までは感じない。

その柔らかな微笑みも相まって、マナの緊張は幾ばくか解ける。

レーヌはマナの手をとって丁重に助手席に乗せ終えると、運転席へと戻って車を出発させた。

向かう先は街外れに聳《そび》え立つ古城――ツォレルン城と言わずとも分かる。

数年前にロックフォード社の社長が購入して住居として使っていると、この辺りでは有名な話だ。

紺碧《こんぺき》の夜空をバックに黒々と聳え立つ城影が近づいてくるのを眺めながら、マナはいまさらのように腹が立っていた。

冷静になってみれば、結局何から何まで彼の思い通りに流されてしまった。

そんな自分がふがいない。

だが、そう思う一方で、胸が異様なほど高鳴っていることがもっと忌々しい。

ついため息をついてしまうと、レーヌが申し訳なさそうに口を開いた。

「……かなり強引な誘い方になってしまって申し訳ございません」

「いえ……」

「いつもはこんなことはないのですが――昔の悪い癖が出たというかなんというか、困ったものです」

「え？」

てっきりいつも強引なタイプなのだろうと思っていたが、どうやらそういうわけでもなさそうで、マナは驚く。

「……まあ不器用な人なのです。ああ見えて。どうしても手に入れたいものがあるとき、譲れないときは手段を選ばず行動に移すのです」

「――っ⁉」

レーヌの言葉にマナの心臓は大きく跳ね上がる。

（どうしても手に入れたい⁉　私を？　彼が？）

ただ単に主治医としてだけだと自分に言い聞かせるも、顔が熱く火照って今にもこの場から逃げ出したい心地に駆られる。

「自他ともに認める仕事人間ですから、どうもプライベートと仕事の境目が曖昧で――先生からも厳しく指導していただけると助かります」

「……もちろんです」

レーヌに「先生」と呼ばれて、我に返ったマナは渋面を浮かべたまま頷《うなず》いてみせる。

（……医者として私を求めているだけであって、それ以上でもそれ以下でもない）

呪文のように何度もそう自分の胸に言い聞かせて、乱れた心を落ち着かせようと試みるが、どうもうまくいかない。

それがよりいっそうマナの苛立ちに拍車をかけていった。

※　※　※

マナの予想どおり、車はツォレルン城の車寄せへと停《と》められた。

ただし、正門に続く階段の下でアラン本人に出迎えられるとは思いもよらず、マナは彼の姿を目にした瞬間、本気で車から飛び降りて逃げ出してしまいたくなった。

というのも、アランは立派なタキシードを着ていて——正装していたのだから。

（なぜタキシード⁉　自宅で改まる必要なんてないし、在宅診療なら部屋着でだって十分すぎるのに！）

胸の内で激しくツッコミをいれながら、まんまと彼の罠《わな》にはまってしまったとの思いが改まる。

だが、もうここまで来てしまった以上は逃げられない。

せめてこれ以上は彼に好きにさせてなるものかと、マナは緊張の面持ちで彼の手をとって助手席から外へと降り立った。

「ようこそ、我が家へ――お待ちしていました」

アランは、恭《うやうや》しく腰をかがめてマナの手の甲に口付けてきた。

どう応じたものか分からず、マナは明後日の方向を睨みつけたまま曖昧な微笑みを浮かべることしかできない。

「急なお誘いになってしまって申し訳ない。どうぞゆっくりしていってください」

「いえ、明日も休みではありませんので――用事のみ済ませておいとまします」

「つれない方だ。だが、それくらいのほうがいい――」

「っ⁉」

不穏な響きを持つ口調にマナは身構えるも、アランはまったく意に介していない様子で彼女を城の中へとエスコートしていった。

階段を上った先、観音開きの巨大な玄関扉を通り抜けた瞬間、見事な内装が施された玄関ホールにマナは圧倒される。

煌《きら》びやかなクリスタルを惜しみなく使ったシャンデリアが吹き抜けの天井から提げられており、浮き彫りが施されたレリーフや高価そうな絵画が品良く飾られている。

大理石が敷き詰められた床には、コブラン織の臙脂《えんじ》の絨毯《じゅうたん》が贅沢に敷かれ、その上を歩くのが躊躇《ためら》われるほど。

やはり、本当の本当に彼こそが、あのロックフォード社の社長だったのだと、ようやく今になって実感が湧いてくる。

場違いな思いに心掻《か》き乱《みだ》されながらマナが案内されたのは、見晴らしのよい二階のバルコニーだった。

暗がりにランタンが灯《とも》され、遠くには街の明かりがちらついていて、幻想的な雰囲気を醸し出している。

真っ白なクロスをかけたテーブルには薔薇《ばら》を生けた花瓶が飾られ、グラスやプレート、カトラリーなど二人分のセッティングが見てとれる。

「診察の前に食事でも一緒にいかがですか？」

「……いいえ、結構です」

マナはそっけなく答えるも、身体は正直な反応を示してしまう。

慌ててお腹《なか》を押さえる彼女に、アランは鷹揚に微笑みかけた。

「遠慮しなくてもいい。貴女の仕事は食事をとる間もないほど忙しいのだから、食べられるときに食べておいたほうがいい」

「………………」

つくづく彼の言葉は防御の隙を突いてくるというかなんというか。

確かに彼の言うとおりなので、マナは渋々頷くほかない。

すると、アランは満足そうに頷いて、彼女に椅子を引いてみせた。

マナは複雑な表情を浮かべて席につく。

すると、すぐさま絶妙なタイミングで老執事が二人の元へとやってきて、シャンパングラスにシャンパンを注いだ。

アルコールはあまり得意なほうではないが、すでに注がれてしまったからにはいただいたほうがいいだろう。

それに――こんな状況、飲まずにやっていられるかという思いも相まって、マナはグラスを手にとった。

「再会を祝して――乾杯」

（……再会も何も強引に呼びつけただけなのに）

マナは仏頂面のまま無言でシャンパンに口をつける。

そんな彼女をアランは楽し気に眺めながら、ゆったりとした所作でシャンパングラスを傾けた。

ややあって、前菜が運ばれてきた。

エビとキャビアを中央に盛り付け、周囲にエディブルフラワーを散らした美しい盛り付けにマナの険しい表情もつい緩んでしまう。

いつも食事なんて、バランスよく栄養を摂れさえすればいいいと思っていたが、不覚にも胸がときめく。

「――どうかしましたか？」

前菜になかなか手をつけようとしないマナにアランが尋ねた。

「いえ、その……食べるのがもったいないほどきれいだなと思って……」

「なるほど――食べないほうがもったいないと考えたほうがいい。料理長のためにも」

「確かに……」

彼に促されて、マナはようやく前菜を口にした。

エビのとろけるような甘さとキャビアの塩加減が絶妙で、思わず感嘆のため息をついてしまう。

前菜のみならず、趣向の凝らされたスープやメインに、いちいち驚かされっぱなしで、気が付けばデザートが終わる頃には二時間が経とうとしていた。

（……さっと用事だけ済ませて帰るはずだったのに）

彼と一緒にコース料理をゆっくりいただいて、いまだにその用事が済んでいないことにマナは自分でも驚きを隠せない。

だが、その一方で、こんなにも満ち足りた時間を過ごすのは久々で、いつの間にかくつろいでいる自分にも気が付いていた。

アルコールも進み、シャンパンに続いてワインも白と赤まで一杯ずつ。

明日も仕事が控えているのに——普段の自分ならまず考えられない。

（本当に……調子がくるう……）

ついついアランを軽く睨んで見せるも、彼は口端をあげて首を傾《かし》げてみせるだけ。からかわれているようでいてどこかくすぐったいような思いに駆られて、マナは渋面を浮かべる。

「どうかしましたか？」

「いえ……お忙しいという話だったので……その、驚いていて……」

「ええ、ですが、必要な時間は作るものというのが信条なもので。貴女との時間を何よりも優先させただけのこと。プライベートでこんなにゆっくり食事をしたのはもういつぶりか――」

（プライベートって……）

言葉を重ねるたびにツッコミどころが増えていくばかりで途方に暮れてしまう。

このままではラチがあかない。早々に仕事を切り上げたほうがいい。

そう思い直すと、マナは意を決して「ですが、さすがにそろそろ診療を」と、話を切り出した。

「いや、もう夜も遅い。またの機会でも構いませんよ」

「いいえ！　ダメです！」

（それではここまで足を運んだ意味がなくなるし、ただ食事に招かれただけになる！）

それだけは医師としてのプライドが許さない。

マナは目を吊《つ》り上げて椅子から立ち上がると、右下に置いていた診療バッグを手にとった。

だが、思った以上にアルコールの酔いが回っていて、足がふらついてしまう。

一瞬、目の前が暗くなって意識が遠のく。

「――大丈夫ですか？」

気が付けば、アランに身体を支えられていた。

刹那、彼自身の香りと身に着けているシトラスの香水とを強く意識してしまい、全身の血が沸き立つかに思える。

（何……コレ……）

すぐ近くに彼の整った顔があって、心臓がぎゅっと締め付けられる。

互いに熱を帯びた視線が交わり合い、どちらからともなく顔が近づいていくも、マナは咄嗟《とっさ》に視線と顔を彼から背けた。

（今、何をしようと……）

早鐘が胸の奥で轟《とどろ》き、酔いがさらに回るような錯覚に襲われる。

そこでようやく、いつの間にかアランの身にまとう空気が危険なものへと転じていることに気が付いて息を呑む。

「……大丈夫です」

気丈に言い放つと、マナは足に力を込めて彼の手をさりげなく振りほどいた。

彼からの流し目に再度心臓が跳ね上がるも、平静をとりつくろって彼に言った。

「それで、どちらで診ましょう？」

「では、こちらで――」

アランは苦笑すると、彼女を先導してバルコニーから自室へと移動する。

気が付けば老執事の姿はなく、彼と二人きりということに気づいて、マナの緊張はよりいっそう高まっていく。

彼の書斎に通されたマナは、カバンから取り出した白衣を羽織ると聴診器をかけた。

そして、問診票を取り出すと、「分かるところだけで結構ですから」と、彼に記入を促した。

アランは内ポケットから眼鏡を取り出してかけると、同じく万年筆を取り出して達筆な字で問診票を埋めていく。

眼鏡をかけると知的な顔立ちがより際立って見える。

思わずマナは彼の横顔に見とれてしまいそうになり、慌てて視線をよそに移すも、すぐにまた引き寄せられてしまう。

ややあって、記入を終えた彼が顔をあげたそのとき、ふと目が合ってしまい、慌てて視線をさまよわせる。

(集中しなくては――)

ただでさえ酔いが回っているのに、心ここにあらずといった様子ではまともな診療ができるはずもない。

マナは気を引き締め直すと、彼の問診票に目を通していく。

(って、睡眠時間三時間⁉　食事も一日一食しか摂《と》ってない⁉)

加えて、喫煙と飲酒の量が多すぎる。

しかも、もともと心臓疾患があり、何度か倒れて入院しているなど――あまりにもツッコミどころ満載な問診票にマナは眉をひそめる。

「これは……正直、命を縮めたいとしか思えないひどい内容ですね」

「――はは、これは手厳しい」

「笑いごとではありません。生活を改善しようとは？」

「それが、自分のことはついつい後回しになるもので。優先順位が限りなく低いせいでしょうね」

「………」

自分のことのはずなのに他人事のように言うアランにマナはため息をつく。

確かに、彼の言い分はよく分かる。

仕事に集中しすぎるあまり、食事や休憩を忘れることは自分も多々あるし、自分のことを後回しにしがちなのも同じだ。

大企業を束ねる経営者としての仕事はそれこそ多忙を極めるものだと容易に想像できるからこそ、「無理をするな」という言葉も安易には口にできない。

それでも、無理をしないように管理せねばならないし、管理する人間が必要なのだ。

だからこそ、お抱えの主治医を探しているのだろう。

「――脈をとらせてもらいます」

マナは気をとりなおして、彼の手をとった。

男らしいずっしりとした大きな手を極力意識しないように脈をはかる。

「……脈が飛びますね。普段から動悸《どうき》や眩暈《めまい》などは？」

「ああ、わりと。一日に二、三回程度ですが――」

「多すぎます。倒れて病院に運ばれたこともあるとのことですが最近も？」

「ここ最近はないかと。詳しくはレーヌへ。記録はとってあるはずなので」

「………………」

（この口ぶりだと、一度や二度じゃないってこと!?）

尋ねれば尋ねるほど、頭が痛くなる。

「それで、現在薬はどんなものを処方されていますか？」

「さあ？　それも後で確認させましょう」

なおも他人事のように淡々とした口調で続けるアランにさすがにしびれをきらして、マナはツッコミを入れた。

「ちょっと待ってください！　そもそも薬を飲んでますか？」

「いや」

「…………」

嫌な予感が的中し、マナは苛立ちに声を荒らげた。

「そんなのいつ死んでもおかしくないです！　薬によるコントロールは必須ですし、設備の整った病院で詳しい検査をしたほうがいい。専門医にも診てもらわないと。専門外の私に診せている場合ではありません！　そもそもご自分が生死にかかわる病気にかかっているという自覚はありますか？」

一気にまくしたてたマナにアランは苦笑する。

「おそらくないのでしょうね。自分のことには無頓着すぎると、周囲の人間からもよく言われます」

「死にたくないとは思わないのですか？」

「――思わない」

不意にアランの口調が重くなり、その青灰色《あおはいいろ》の瞳が凄《すご》みを帯びて、マナは息を呑む。

こんな患者、診たことがない。

普通の人間なら、死を怖がるものだし、なんとしてでも回避して健康を取り戻そうとするものなのに。

不思議で仕方がない。その理由を知りたいという思いが胸の底から衝《つ》きあげてくる。

彼の青灰色の目の奥を探るように見つめるも、それはまるで凍《い》てついた氷のように、彼の感情を閉じ込めているようだった。

「面倒な患者だとお思いでしょう？」

「――っ⁉」

沈黙を破ったアランの声に、ようやくマナは我に返る。

「……ええ、確かに。生きる意志のない患者にプライベートの主治医なんて必要ないと正直思います」

「だが、私一人の問題ではないもので。周囲が放っておかないのですよ。是が非でも優秀な主治医をつけるよう、うるさいのです」

「まあ……それはそうでしょうね……立場上……」

「それで、どうせなら貴女のように美しく賢く志が高い人がいいというわけです」

アランは挑むようなまなざしでマナを射抜くと、不敵な微笑みを浮かべてみせた。

さっきまで冷ややかだった目が急に熱を帯びたように見えて、マナは戸惑う。

美しいなんて他から言われたこともないし、自分が女性でなければいいと何度思ってきたかしれない。

こんな風に女性扱いされるのは、なんだか落ち着かない。

気恥ずかしさをごまかすように、マナは聴診器をつけると彼に言った。

「……まだ診察は終わっていません。胸を診せていただけますか?」

これ以上、自分のペースを乱されたくない。

早く診察を終えてしまって、彼の病気は専門外だし、そもそも死にたがり紳士のために雇われるなんてごめんだと、きっぱり断ろう。

胸の内でそう決意するマナの目の前で、アランはタキシードの上着を脱いだ。

シャツ一枚になった彼の身体は思った以上に逞《たくま》しく見えて、マナの胸は不覚にも高鳴ってしまう。

アランはタイを無造作に外すと、続いてボタンを外していく。

ややあって、彼の胸元が露わになった。

ストイックに鍛え抜かれた上半身はまるで美術館に飾られた彫刻のようで、マナは圧倒される。

男らしいがっしりとした太い首に広い肩幅、逞しい胸はとてもセクシーで、正視するのが躊躇われるほど。

にもかかわらず、ついつい目が引き寄せられてしまう。

(……患者相手に何を……飲みすぎるんじゃなかった……)

アルコールのせいで理性が鈍っているに違いない。

それ以上でもそれ以下でもない。

そう自身に言い聞かせながら、マナは聴診器を彼の胸に押し当てていく。

と、心音が異様なまでに速いのに気づいて手を止めた。

（雑音が混ざっている……でも、それ以上にどうして平常時であるにもかかわらず、こんなにも心音が速いの⁉）

「これは私の壊れた心臓のせいではない。貴女のせいですよ。ドクター」

「……え？」

アランに言われて顔をあげると、彼の大きな手に頬を包み込まれ、聴診器のイヤーピースを片側だけ外されてしまう。

青灰色の双眸《そうぼう》に情熱的に見つめられて息を呑む。

「だが、貴女も同じでしょう？」

そう言うと、アランはマナの胸元へともう片方の手を押し当ててきた。

「――っ⁉」

胸に触れられ、咄嗟に身を固くして構えるマナにアランは艶《つや》めいた低い声で囁《ささや》く。

「やはり――貴女の胸の高鳴りが伝わってくる」

「っ⁉　ち、違います！　これは……その……アルコールのせいで……」

「私の目をごまかすことはできない。貴女も私をもっと診たいと思っているはず」

「っ⁉」

確信に満ちた口調で断定された瞬間、マナの胸は妖しく掻き乱される。

（誰もそんなこと言っていないのに……勝手なことを……）

怒りがこみ上げてくるにも関わらず、どうしようもなく心身が疼く。

「……勝手にそんな決めつけ……よしてください」

いつもの自分がこんな侮辱を許すはずもない。

彼の手を毅然と払いのけて、厳しく非難するはず。

それなのに、どういうワケか喘《あえ》ぎあえぎ抵抗の意志を口にするだけで精一杯だった。

アランはそれを全て見通しているかのように、「口ではどうとでも言えるでしょうが、身体は嘘《うそ》をつけない」と言って親指で彼女の唇をつっとなぞる。

ただそれだけのことなのに、マナはびくんっと肩を跳ね上げてしまう。

その反応を目にした瞬間、アランの双眸が鋭い光を放つ。

獲物を見定める獣のようなまなざしに、マナは息を呑む。

熱い視線が絡み合ったかと思うと、アランの整った顔がゆっくりと近づいてくる。

そして、そのまま身動き一つできずにいるマナの唇を奪った。

「っ⁉　ン……」

柔らかい唇が押し当てられたかと思うと、彼の舌先が唇を割り開きにかかる。

我に返ったマナは抵抗しようと口を固く引き結ぶも、唇を左右にスライドされただけで面映《おもは》ゆい快感が沁みてきて熱に浮かされたようになる。

気が付けば、無意識のうちに唇は綻び、口が半開きになってしまっていた。

その隙間から、彼の滑らかな舌が侵入してくる。

「っふ……ン……ンンン……ぅ」

ひとかけら残った理性は、顔を背けて逃げるよう訴えかけてくるにもかかわらず、マナはもはやどうすることもできない。

彼に頭を抱え込まれ、口中深くを獰猛《どうもう》に貪られてしまう。

（なぜ……こんなことに⁉　ワケが分からな……い……）

息を継ぐことすら難しいほどの深く激しい大人のキスに混乱する。

動揺するマナに構わず、彼の舌がマナの舌に絡みついてきたかと思うと、熱っぽく吸い立ててきた。

刹那、鋭い快感に貫かれ、マナは手足をつっぱらせてから脱力した。

(今の……何っ⁉)

生まれて初めての鮮烈な感覚に戸惑いつつがくりとうなだれる。

ようやく彼の支配から解放され、喘ぐような息遣いで乱れた呼吸を整えにかかる。

「――今のキスだけでも、貴女のことを随分知ることができた」

「っ⁉」

耳元で意味深な台詞《せりふ》を囁かれて、マナは顔をあげると彼を睨みつけた。

「やはり私の目にくるいはなかったようだ。キスは嘘をつかない。私と同じく貴女は私に惹かれている。素直に認めればいいものを――」

「認めません！　だってまだ二度しかお会いしていないのに……」

「男女が惹かれ合うのは理屈を超えた本能の領域。仮に、私が間違っているならば、その証拠を見せていただきたい」

「……証拠？」

「ええ」

彼の発言には、あきらかに危険な響きがあった。

これは罠だとマナの本能が警鐘を鳴らす。

だが、同時に、そうと分かっていても、異様なまでに惹かれてしまうもう一人の自分にマナは気づいていた。

（ダメ……これ以上……彼のペースに流されては……）

「自信があるなら、確かめられても困ることもないでしょう？」

「――っ⁉　それで気が済むというならば、ご自由にどうぞ！」

挑発的な言葉を差し向けられ、ついカッとなって半ばヤケ気味に応じてしまった。

「では、遠慮なく」

（しま……った……）

慌てて発言を取り消そうとするも、それはそれで彼の言い分を認めてしまうことになる気がして、マナはぎゅっと口を引き結ぶ。

（ズルい……こんなの……）

罠にかかってもかからなくても、結局は彼の思うがまま。

ものすごく悔しいのに、妖しい興奮がゾクゾクと背筋を這《は》いあがっていく。

「失礼――」

アランはマナのドレスの裾をたくしあげたかと思うと、そのまま太ももの内側へと手を差し入れていった。

「………」

マナは羞恥のあまり、抵抗したい思いを必死で堪えながら、努めてなんでもない様子を装う。

(証拠を確かめるって……まさか……でも、さすがにそれは……)

嫌な予感が色濃くなる中、ついに彼の指がショーツへと押し当てられてしまう。

「っ⁉」

薄布越しに敏感な箇所を触られて、マナは反射的に足をきつく閉じて唇を噛《か》み締《し》めるも時すでに遅し。

「やはり、もうこんなに濡《ぬ》れている」

「う……っく……そんなはず……」

「下着にまで沁みている。これではもう用をなさないだろう」

「あぁっ……嘘……」

力なく頭を振るマナにアランは危険な流し目をくれる。

「嘘ではありませんよ。いやらしい音がこんなにも――聞こえるでしょう?」

指に力を入れると、ショーツ越しにぬかるみを掻《か》き回した。

ぐちゅぐちゅという粘着質な淫らな音が、マナの羞恥心に追い打ちをかける。

「いや……音……ダメ……やめ……て……」

「貴女が、私の主張を認めるならやめてあげましょう。認めるまではやめません」

そう言うと、アランはショーツの隙間から中へと指を差し入れた。

「っあ!? やぁ……んぅっ!」

誰も知らない領域にぬるりと指を挿入《い》れられた瞬間、マナは身を硬直させた。

まだ硬い膣壁が彼の指を外へと押し返すも、それをさらに上回る力でアランは指を再びさらなる奥へとねじ込んできた。

「あぁあぁっ!」

たまらずマナは引きつれた声をあげてしまう。

その声に陶然とした面持ちで耳を澄ますと、アランは指をピストンさせ始めた。

蜜であふれた狭い膣壁を指で抉《えぐ》りたてながら、マナの反応の逐一を確かめにかかる。

強弱をつけたかと思うと、不意に指を鉤《かぎ》状に曲げて壁を抉ってきたりと、余裕に満ちた彼の指使いにマナは悔しくも翻弄されてしまう。

「……やはり、欲しがるように締め付けてくる。これでもまだ認めないと?」

勝ち誇ったような微笑みを浮かべて、よりいっそう大胆に指を動かしてくる彼にマナは羞恥の瀬戸際まで追い詰められる。

「っ!? こ、こんなこと……許されるはず……あ……あぁ……や……ンンッ……」

「無理強いはしていないはず。事前に許可をとったでしょう?」

「だ、だって……まさか……」

「知らなかったとでも？　冗談はやめていただきたい。貴女のように聡明《そうめい》な女性が気付いていなかったとは言わせない」

「……っ」

アランの鋭い指摘にマナは返す言葉を失う。

その反応にアランは凄みを帯びたまなざしでさらに追い打ちをかけた。

「ドクター、貴女は気づいていたはずだ。その上で許可した。違うかね？」

心の奥底を見透かすように目をのぞき込まれる。

強い目力に気圧されるのみならず、全てを支配されるかのような錯覚まで覚えて、マナは身震いする。

（だめ……囚《とら》われてしま……う……）

必死の思いで目を逸《そ》らそうとするも、もはやどうすることもできず、ただ唇を噛《か》みしめて沈黙を貫くだけ。

しかし、アランは彼女の沈黙を肯定と見なしたようだった。

マナの身体を椅子の背もたれに押し付けるようにして、よりいっそう自重を込めた指責めを開始したのだ。

そして、彼女の耳元に熱っぽく囁いた。

「――ドクター、私の主治医になってくれますか？」

「やっ……あぁ……だ、誰が……屈するもの……ですか……」

「いい加減に素直になりなさい。こんなに濡らして、私の指に甘えてきておきながら白々しい」

挑むような声色に転じたかと思うと、アランは蜜に濡れた親指でワレメの端に息づく感度の塊を弄《いじ》る。

「あぁぁあっ⁉　やっ！　いやぁあっ！」

鋭すぎる悦楽の波が押し寄せ、たまらずマナは嬌声《きょうせい》をあげてよがってしまう。

「……本当に……可愛らしい女性《ひと》だ」

熱いため息を一つつくと、アランは親指を小刻みに振動させて肉芽を虐《いじ》めつつ、よりいっそう激しく奥を指で抉り始めた。

ずっずっというリズミカルな音と共に最奥を抉られるたびに、マナの頭の血管は今にも切れんばかりに張り詰めていく。

「やめっ……あ、あぁあっ……これ以上……はっ……もうっ」

「もう？　どうなってしまうと？」

（っ⁉　白々しいのはどっち⁉）

耳たぶを甘噛みしながら揶揄《やゆ》するように囁いてくるアランを忌々しい思いで睨みつけながらも、マナはついに深く達してしまう。

「あっ！　あぁあああああっ！」

全身をわななかせながら、強くいきむ。

それと同時に彼の指が引き抜かれ、恥蜜がしぶきをあげて外へと飛び出してしまう。

「あ……あ、あ……あぁ……あぁ……」

今、自分の身に何が起こっているか――分かってはいるが、今までのそれはただの膨大な知識の一つに過ぎなかった。

まさかこんなにも激しく苛烈な感覚で、意識すら押し流してしまいかねないほどの奔流とは思ってもみなかった。

彼の指にされるがままを許し、挙句痴態まで晒してしまうなんて……まったく正気の沙汰ではない……。

歯嚙《はが》みしながら、マナは脱力しきってうなだれる。

その耳にアランが再び囁きかけてきた。

「――ドクター、私の主治医になってくれますね？」

「………」


理性を完膚なきまでにねじ伏せられたマナは、彼の囁きに思わず頷いてしまう。

すると、アランは彼女のこめかみにキスをして満足そうに頷き返してみせた。

彼女の衣服の乱れを整え直すと身体を起こす。

いったん書斎机へ移動すると、一枚の書類を手にして戻ってきた。

そして、怪訝そうな表情のマナに、「では、早速だが契約書にサインをいただきたい」と促したのだ。

いきなり手の平を返したような彼のビジネスライクな態度にムッとしながらも、マナは渋々彼から書類を受けとった。

(ずるい……こんな強引なやり方……)

胸の内で独りごちながらも、書類をローテーブルに置き、興奮の余韻で震えてしまう手でなんとか書類にサインをし終える。

どうしても欲しいものは手段を選ばない。

彼の秘書の言葉が脳裏をよぎるも、時すでに遅し……。

「確かに――では、追って秘書から契約の詳細についてご連絡いたします」

契約書を確認してから、アランはマナに握手を求めた。

だが、マナは握手には応じずにソファから立ち上がると、革のカバンに身の回りのものをつめこんで早々に彼の元から立ち去っていった。

※　※　※

アランは、書斎机で仕事の手を休めて葉巻をくゆらせながら物思いに耽《ふけ》っていた。

プライドが高くまっすぐな彼女の生真面目な表情が愉悦に歪《ゆが》むさまや羞恥を色濃く滲ませた嬌声を思い出しては不敵に目を眇《すが》める。

正直なところ、ここまで惹かれるとは思いもよらなかった。

あそこまで強引な手段に出るつもりもなかった。

ただ、彼女に抗われれば抗われるほど、雄の本能と闘争心とが鎌首をもたげて、自分でも抑えが効かなくなった末にああなってしまった。

むしろあれでも十分抑えたほうだ。

本能の赴くまま行動していたならば、無理やり力ずくで彼女の全てを奪ってしまいかねなかった。

「いい年した大人が——何を血迷ったことを。若造でもあるまいし」

自嘲めいた呟きと共に、葉巻の火を消した。

と、そのときだった。

ドアがノックされて応じると、レーヌが部屋の中へと入ってきた。

「彼女を無事送り届けてきました」

「ご苦労。これが契約書だ。彼女は私の主治医になることに同意した。近日中に城に迎える手はずを整えてくれたまえ」

「……分かりました」

主から契約書を受け取るも、レーヌは訝《いぶか》し気《げ》な表情で彼を見つめたまま沈黙した。

「何か言いたいことでもあるようだが？」

「ええ、彼女がそう簡単に契約書にサインするとはとても思えなかったもので。何かまた強引なことをやらかしたのではないかと心配しているだけです。貴方は昔から欲しいものを手に入れるためには手段を選ばなかったでしょう？」

「ああ、違いない。久しぶりに悪い癖が出た」

「……やはりそうでしたか」

ため息交じりにレーヌは眉をひそめる。

「いい加減自重してください。ただでさえ貴方は志を貫きすぎるあまり、敵が多いのですから

――高すぎる志は誤解を招きやすく理解も得づらい」

「いずれ皆が気付く時がくればそれだけでいい。それに、君のように優秀な味方がいれば何も問題ない」

「ですが、何事にも限度というものがあります」

「だが、あれほどまでに欲しいと思ったものは今までにないものでね」

「……っ⁉」

アランの言葉にレーヌは自分の耳を疑う。

ロックフォード社は、数々の同業他社に強引な買収をしかけて実質市場を独占していると言っても過言ではない。

それはあくまでもはるか将来を見据えての先行投資だったが、視野の狭い人々の目には独裁者として映ってしまう。

実際に、アランは自らの志を貫いた結果として、富、権力、名声、全てを手に入れているのだからそれも無理はない。

その彼の口から、「今までにないほど欲しい」なんて言葉が出てくるとは思いもよらなかったのだ。

「もう欲しいものなんてないものとばかり――」

「彼女と出会うまでは確かにそうだった。自分でも正直驚いている」

アランは肩を竦めると、レーヌに皮肉めいた微笑みを浮かべてみせる。

そんな彼にレーヌのほうが折れた。

「まったく……貴方という人は仕方のない。ですが、そこまで言うのならば、私も協力を惜しむべきではありませんね……人間、執着するものの一つや二つあったほうがよいでしょうし」

「ああ、そうだな」

「明日にでも彼女をこちらに迎えられるよう準備を進めましょう」

「全て任せる」

「はい。では、早速——失礼します」

契約書を手にしたレーヌの横顔から、すでに柔和な表情は消え去っていた。

代わりに、主によく似た挑戦的で冷ややかともとれる表情が張り付いている。

それをちらりと確かめたアランは、獰猛な光を宿した目を閉じていつものように考えを巡らせにかかる。

どうすれば欲しいものを確実に最短で支配できるだろうか?

アランの脳裏に浮かぶのは、どこまでも志が高く、まっすぐな気性の勝気な女医の乱れた姿だった。

第二章

（まったく……強引すぎるにも程がある……一体どうしてこんなことに……）

マナは執務机でアランのカルテを眺めながら、ため息をついてばかりいた。

その執務机はマホガニーが使用された高級品で、大学病院内の無機質な診察室ではなく古城の瀟洒《しょうしゃ》な一室に置かれている。

ダマスク模様の壁紙はシックな臙脂色《えんじいろ》で、アールヌーヴォーの内装とアンティークの家具とマッチしていて、豪華ながらも落ち着いた印象を受ける。

ツォレルルン城の二階にある部屋を二つ、一つは診療室兼書斎、もう一つは寝室として使ってほしいと、アランがマナのために用意した部屋だった。

いわばマナにとって新たな職場兼自室である。

というのも、アランの診察をするだけのはずが、結局主治医となる契約書を交わしてしまい──その翌日には、もうすでに大学病院にマナの籍はなかったのだ。

のみならず、マナが暮らしていた小さなアパルトマンまで勝手に引き払われていた。

自分の身に何が起きたか分からず、空っぽになった部屋で茫然自失《ぼうぜんじしつ》となっていたマナを彼の秘書が迎えに来て今に至る。

（優秀な人ほど仕事が速いというのは分かるけれど……まさかこれほどとは……さすがというかなんというか……）

感心してしまう一方で、いきなり自分の領分を侵された気がして腹立たしくもある。

確かに彼の主治医になるという契約書を交わしはしたが、何もこんな強引な方法でなくともと思わずにはいられない。

（……いきなり担当医がいなくなるとか、子供たちにショックを与えていなければいいのだけれど……）

マナは自分が診ていた子供たちからの感謝の手紙を眺めながら胸の内で独りごちる。

文字の判別も難しい落書きにも等しい手紙だが、医師になってから今までもらったものを大切にとってある。

いつも仕事に疲れきった時なんかに読み直すと元気が出てくるのだが、今はむしょうに胸が切なく締め付けられる。

こんな形でいきなり仕事を辞めることになるなんて、とてつもなく無責任な気がして気分が悪い。せめてきちんと引継ぎくらいは済ませたかった。

（……まあ、お金持ちの道楽みたいなものだろうし、すぐに戻れるだろうけれど）

そう自分に言い聞かせると、マナは感傷的な思いを振り払う。

マナがアランの主治医になって、ようやく一週間が経とうとしていた。

朝から晩まで数多くの患者を診てきたマナだけに、患者が彼一人だけとなった今、正直なところ手持ち無沙汰だった。時間の流れが遅く感じられてならない。

にもかかわらず、給与は以前の三倍。かつ、住居費も食費も込みというまさに至れり尽くせりの待遇に、戸惑わずにはいられない。

どう考えても、この状況は「過剰」であって、素直に喜べない。

その原因へと考えを巡らせると、きまって彼に契約を迫られたときのことを思い出してしまうのもまた悩みの種だった。

（……そういう相手なら、何も私でなくとも他を探せばいいのに。彼のことだから不自由なんてしていないはず……）

どうしてもうがったものの見方をしてしまう自分に辟易《へきえき》するも、彼のセクシーな指づかいや囁きを思い出すだけで胸が妖しく掻き乱される。

あまりにも大胆不敵なクロージングだった……少なくともマナにとっては。

だが、彼にとってはどうなのだろう？

あれ以来、アランは何事もなかったかのようにマナに紳士的に接していた。

いちいち意識してしまう自分が馬鹿らしくなってくるほどに——

食堂で食事を共にするときはもちろんのこと、朝、晩二回の診察でも、彼が強引に迫ってくることはなかった。

（……ただ単にからかわれただけ。彼にとっては遊びのようなものであってそれ以上でもそれ以下でもない……）

何もかも富豪の気まぐれにすぎない。

そう考えたほうがしっくりくるし納得もできる。

（もうこれ以上、彼のペースに流されるのはごめんだわ。私も早く忘れないと……本当にバカバカしい……）

何度もそう自分の胸に言い聞かせるのにもだいぶ飽きてきた。

マナがため息をついて、カルテを裏返しにすると、時計へと目を運ぶ。

すでに日が変わろうとしている時分だった。

夜の診察は二二時という約束だというのに——もう二時間過ぎている。

（時間に間に合わない時の診察はなしということだったけれど……）

ただでさえ仕事量に見合わない給金をもらっているということもあって、診察なしで済ませるなんて自分的にはありえない。

そのため彼が戻ってくるまで起きているつもりでいたが、さすがにここまで遅くなると何かあったのではと気になる。

城内の図書館から借りてきた医学書の続きでも読もうかと、マナが分厚い本を机に広げたちょうどそのときだった。

車が砂利道を進む音が近づいてきて、ハッとする。

彼に違いない。

椅子から立ち上がると、カーテンの影から外を窺《うかが》う。

車寄せに停められたクラシックカーから、アランが降りてくる姿を目にした瞬間、心臓が大きく跳ね上がった。

だが、スーツの上にベージュのトレンチコートを羽織り、山高帽《ポーラー》を目深にかぶった彼の動きはいつになく重いように見てとれる。

（……何かあったのかしら？）

家令のデイビスに出迎えられたアランは、ハットとステッキとを彼に預けると、そこで二階を見上げた。

一瞬、目が合った気がして、マナは慌ててカーテンを閉めた。

そのまま背中を窓に預けたまま目を瞑《つぶ》る。

まさか彼が自分の部屋を見上げるとは思いもよらなかった。

ただの偶然に違いない。それか、そんな風に見えたというだけのこと。

そう自分の胸に言い聞かせながらも、マナの動悸は一向に収まらない。

ややあって、彼の革靴が近づいてくるのを感じて、マナは身を隠してしまいたい衝動に駆られる。

あれだけ彼が戻ってくるのを待っていたのが嘘のような自身に矛盾を覚えながら。

予想どおり、マナの部屋のドアがノックされた。

躊躇《ためら》いながらもマナが返事を返すと、ドアが開いて彼が姿を見せる。

「……おかえりなさいませ」

「ただいま戻りました。まだ起きていたのですか？」

「ええ、診察がまだですし……」

「こんなに遅くまで私の帰りを待っていてくれたとは……待たせてしまって申し訳ない。先に休んでいるものだとばかり思っていた」

「いえ、仕事ですから」

努めて冷ややかな口調で淡々と応じるマナは、椅子にかけていた白衣を羽織ると、執務机の横に置いた椅子に座るよう彼に目で促した。

「――いや、さすがにもう夜も遅い。明日の朝にしましょう。時間に間に合わない場合の診察はしなくともいいという取り決めでしたし」

「……ですが、それでは私の気が済みませんから」

一歩も譲るつもりもなさそうなマナにアランは苦笑しながらトレンチコートを脱ぐ。

一方のマナは、ゼニア生地のダブルスーツ姿の彼を極力意識しないように視線をさまよわせながら「では、まずピルケースの確認を」と手を差し出した。

「……ああ」

すると、アランはいつものようにあまり気乗りしない様子で内ポケットからピルケースを取り出して彼女へと渡した。

それだけで大体予測はつくものの、念のため中身を確かめてから、マナは大げさなため息をついて目を吊り上げる。

「あれほど薬だけはきちんと飲むようにと申し上げていたのに。なんですかこれは！　今日もまったく飲んでいないじゃないですか！」

「今日はかなり会議が立て込んでいてね――飲むタイミングがなかったのだよ」

「今日もでしょう？　時間は作るものというのが信条でしたよね？」

「ああ、その必要性を感じるものに関してはという但し書きではあるが——」

「感じてください！」

「……善処しよう」

「もうその言葉は聞き飽きました！　そもそも病院で一度詳しい検査が必要だって何度も申し上げているのに、それすら後回しにするのもどうにかなりませんか!?」

マナに言葉をかぶせられて、アランはしばし口をつぐむとため息交じりに呟いた。

「詳しい検査とやらに必要な時間が捻出できないだけなのだよ」

「たった一日くらいどうとでもしてください！」

「薬を飲む手間と時間すら惜しむ人間にそれは酷な注文ではないかね？」

「病状が悪化した場合のリカバリのほうがよほど時間をとられます。それこそ時間のロスではないですか？」

「……確かに。貴女の言うとおりだ。分かってはいるのだが、なかなか難しい」

肩を竦めてみせると、アランは言葉を濁す。

「デイビスやレーヌからも幾度となく注意を受けてはいるのだが……これればかりはなかなか自分では思うようにいかない。もう少し自分に興味を持てればよいのだが」

「興味を持つも何も、ご自分のことをまずは最優先にすべきです！　健やかなる身体に健全な魂が宿る。良い仕事をしたいならば、まずは健やかな身体を手にいれるべきではありませんか？」

「手厳しいな。なにせ健全な魂など生まれた時から縁がないものでね——」

含みを持たせた口ぶりで、アランは言葉を続ける。

「それに、考え方の癖はそう簡単には変えられない」

「……いつからそんな癖を？」

「子供の頃、物心ついたときからだが、はっきりとは思い出せない」

「…………」

一瞬、アランの表情が曇ったようにも見え、マナの胸に引っかかる。

だが、すぐにそれはいつものポーカーフェイスに覆い隠されてしまう。

（……そんなに早くから？　ご両親は一体……）

疑問には思うが、敢《あ》えて口には出さずにおく。

我が子に関心がない、もしくは自分のことしか考えられないタイプの、とても親とは呼べない人種がこの世に存在することはマナ自身も身につまされてきた。

だから、それが容易に触れてはならない古傷のようなものだと察してのことだった。

マナは気を取り直して、語気を強める。

「とにかく！　薬は絶対に飲んでいただきますから！　それができないというならば、私もレーヌさんと同じように仕事に同行します」

「……ふむ」

アランは驚きに目を瞠《みは》ると、顎に手を当ててしばし考えこむ。

「だが、いいのかね？　私としては願ってもない申し出ではあるが——相当ハードなスケジュールになってしまう。女性の身には酷だと思って、今のような形にしたのだが」

「構いません。元々忙しい日々を送っていましたし、そのせいで体力には自信がありますから！　その辺りに転がっている男性にはけして負けません！」

「それは頼もしい」

気丈に言いのけたマナにアランは笑いを誘われる。

「では、できる範囲で同行してもらおう。だが、疲れたときは遠慮なく休みをとってもらって構わない。くれぐれも無理はしないと約束してくれるかね？」

「それはこちらの台詞です！」

「はは、耳が痛い。ドクター、お手柔らかに」

「患者の態度次第です」

そう言ってのけると、マナはいつもしているように彼の手をとって脈をとる。

大きな彼の手がいつも以上に重く感じられるのに加えて、脈も乱れていて、疲労具合が伝わってくる。

「だいぶお疲れのようですね。予定では、明日の朝も早いのでは？」

朝食の時間はアランのスケジュールに合わせて変動する。確か明日はいつもより二時間早かったはずだ。二時間も早いとなると、今すぐに寝たとしても五時間程度しか睡眠時間を確保できない。

「ああ――会社の視察のため少し遠出をしなくてはならないものでね」

「……少しだけでも遅らせることはできませんか？」

「難しい」

「なら、とにかく早く寝てください。睡眠は万病の薬ですから。逆を言えば、睡眠不足は命を縮めると最近の研究でも明らかにされています」

「……ああ、善処してみる」

先ほどよりもさらに歯切れの悪い答えが気にはなるものの、最初の診察のような空気になるのを恐れて、マナは診察を手早く切り上げる。

そう、朝はともかく、夜の診察だけは極力淡々と終えるように心がけているのだ。

　このときばかりは、何度も脳裏をよぎる彼との艶めいた場面を頭の中から無理やり締め出して——

「同行の準備はしておきますから。お気遣いなく」

「ありがとう。そうしてもらえると助かる」

「——では、おやすみなさい」

　早口で言ってのけると、マナはシャツのボタンを留《と》め直す彼を横目に椅子から立ち上がり、部屋の出口まで歩いていってドアを開く。

　アランの長居を認めず退出を急《せ》かすかのように——

「相変わらずつれない女性《ひと》だ」

「…………」

　アランの呟きをマナは敢えて聞こえなかったフリをする。

　だが、一方のアランは、なかなか椅子から腰をあげようとはしない。

　むしろ、このまま葉巻を取り出して一服しかねないほどくつろいだ様子でマナを眺めている。

「明日、君の同行の件をレーヌに伝えておこう。会議などは別として、基本的には彼と一緒に行動を共にしてもらうことになる」

「分かりました」

「――ちなみに、会食などにも同行は可能かね？」

「できれば、パーティーなどといった場は遠慮したく思いますが……私が絶対に必要という理由さえあればどこにでも顔を出します。私は貴方の主治医なのですから」

「なるほど、君のほうからそう申し出てくれるのは本当にありがたい」

（別に……そうしてほしいなら最初から遠慮なく言えばいいのに……）

マナは胸の内で独りごちるも、彼がいかに自分に配慮してくれていたか、今更のように気づかされてなんだかくすぐったい心地になる。

そういえば、出張で屋敷を留守にせざるを得ないという話だったはずだが――

（それすら、まさか私のために予定を変更したというの？）

彼の気遣いはありがたいが、度が過ぎるのも考え物だ。一度レーヌに確かめてみたほうがいいかもしれない。

マナがそう思ったそのときだった。

「ところでドクター、夕食後の薬がまだなのだが――」

「今すぐ飲んでください」

「いや、あいにく私自身が飲むつもりがないのが問題でね」

「……っ⁉」

一瞬、マナは自分の耳を疑った。

（何を言っているの⁉　この人は！）

こめかみをひくつかせながら不遜な患者を睨みつけた。

「どういう意味ですか⁉　主治医を前によくもそんなことを……」

「君なら薬を飲もうとしない患者にはどう対処するかね？」

「飲ませます！　何がなんでも！」

「では、お手並み拝見といこうか」

「っ⁉」

アランの口元に不敵な笑みが浮かんだのを見てとって、ようやくマナはこのやりとりにおける彼の意図に気付いた。

彼に唇を奪われたときの感触がありありと蘇《よみがえ》ってきてしまって頬が熱くなる。

彼の挑むような流し目には、あきらかに他意が込められていた。

「……何を子供のようなわがままを！　ご自分で飲めばいいでしょう！」

「子供ではないからこそ、だ。かなり我慢しているのだから、そろそろ褒美の一つや二つ期待してもよいでしょう？」

（我慢⁉　そんな素振り少しも見せなかったのに……）

ポーカーフェイスに隠された彼の胸の内を明かされて、戸惑わずにはいられない。

（本気？　それとも冗談？　生意気な女医をからかうつもり？）

頭の中が疑問で埋め尽くされ、マナはしばしその場に固まってしまう。

だが、そうこうするうちにも、彼は机の上に置かれた水差しをグラスに傾けて、準備を整えていた。

そして、椅子をマナのほうへと向けると、出口に立つマナへと挑戦的なまなざしを差し向ける。

（……腹が立つ……ただでさえ睡眠時間が削られていくだけだというのに）

苛立ちも露わに、マナはツカツカと彼の元へと戻ると、ヤケバチになってピルケースの中からカプセルを取り出してグラスから水を呷《あお》った。

そして、椅子に長い脚を組んで座ったままの彼に対峙《たいじ》する。

（別にどうってことはない……ただ薬を飲ませるだけ……）

そう言い聞かせるも、心臓は壊れんばかりに早鐘を打ち身体中に反響していた。

青灰色の彼の目を睨みつけたまま、彼の唇に自らの唇を寄せていく。

まさか自分のほうから彼にキスをするなんて思いもよらなかった。しかも、こんなやり方で煽られるなんて――

ややあって、彼の唇に薬を挟ませてから唇を重ね合う。

少し冷たく柔らかな唇の感触に、興奮がゾクゾクと背筋を這いあがっていく
またあのときと同じように貪られてしまったらどうしよう⁉

危険な予感に苛《さいな》まれつつも、マナは彼の唇の隙間から水を送り込んでいく。

舌を執拗《しつよう》に囚われて、唇が痺《しび》れきるほど長く激しい大人のキスをされてしまえば、今度の今度こそどうなってしまうか分からない。

だが、その予感は杞憂《きゆう》に済んだ。

彼に薬を口移しで飲み終わらせると、アランはそれ以上は何もしてこず、自ら口をゆっくりと離していったのだ。

「……っ」

あのときと同じ、間近で彼の双眸が獰猛に輝いていた。

にもかかわらず、貪ろうとしてこないなんて。

肩透かしをくらったような気がして、マナは物問いたそうに彼を見据える。

しかし、アランは何も言わず、ただ楽し気に彼女を見つめているばかり。

「ありがとう、ドクター。これなら薬の飲み忘れもなくなりそうだ」

そう言って微笑みかけてきた彼にマナは歯噛みする。

（ズルい……こんなの……一体どういうつもり⁉）

腹立たしいやら安堵《あんど》するやらで——胸の内がぐちゃぐちゃに掻き乱されて、唇をきつく噛み締める。

（って……別に何がズルいというの⁉　これじゃまるで……）

マナがそう胸の内で独りごちたそのとき、まるでそれを見抜いたかのようにアランが言った。

「——これだけでは物足りないかね？」

「っ⁉」

セクシーな低い声で囁かれた瞬間、全身の血が沸き上がる。

彼の声はまるで媚薬《びやく》のように、マナの鼓膜から下腹部へと沁みていく。

「別に……」

「確かめてみるかね？　この間のように」

「っ⁉　結構です！　いいからもう早く寝てくださいっ！」

マナは弾《はじ》かれたように身体を離すと、彼から顔を背けて声を荒らげた。

「——今日のところは従おう」

「もっと早くに従ってください！」

いつものやりとりに先ほどの妖しい空気は鳴りを潜めるも、まだ油断はできない。

警戒するマナにアランは「では、おやすみ。よい夢を」とだけ言って、ようやく椅子から立ち上がった。

そして、先ほどマナが開けたままにしていたドアから廊下へと出ていく。

どういうわけか、その広い背中がいつも以上に哀愁を帯びているように感じられて、マナは後ろ髪をひかれる思いでつい見入ってしまう。

すると、アランは一度立ち止まって独り言のように言った。

「――正直、今夜ばかりは君の唇が恋しかった」

と。

思わぬ彼の言葉にマナは息を呑む。

そのままアランは後ろを振り向くことなくドアを閉めると、隣の自室へと戻っていってしまった。

「…………」

部屋に一人残されたマナは、彼が去り際に残していった言葉に心を持っていかれたまましばらくの間放心していた。

(……今夜ばかりはって……何かあったのかしら？)

獣のように強引かと思えば、どこまでも紳士で――

その一方で、どこか影を帯びた雰囲気はミステリアスでまるで掴みどころがない。

彼を知れば知るほど、難解な謎に溺れていくかのように思えてならない。

そして、その謎はこわいほどマナを惹きつけて止まない。

それを認めてしまうのも癪《しゃく》で、マナは一度頭を振ると机の上のランプを消した。

そのままベッドに身を投げ出すも、先ほどの一連のやりとりで完全に目が冴《さ》えてしまって簡単に寝付けそうにもない。

今日まではうって変わって明日からは忙しくなるだろう。

少しでも睡眠をとっておくべきだと頭では分かっているのに、つい彼のことばかり考えてしまって心が千々に乱れる。

（……これじゃ彼に偉そうなことを言えたもんじゃない）

そっと唇に指で触れると、マナは熱を帯びたため息をついた。

※　※　※

結局、マナは朝まで寝付くことができなかった。

なかなか時間が経たないことに焦れながらも、ようやくいつもより二時間早い朝食の時間を迎えることができた。

　身なりを整えて食堂に向かうと、レーヌがすでに席についていた。

「おはようございます、ドクター」

「レーヌさん、おはようございます。あの、今日から私もアランさんの仕事に同行させてもらうことになりましたので、よろしくお願いします」

「ええ、聞いています」

「ええっ!?　もう!?」

「夜中にいきなり起こされたもので何事かと思いましたが――悪い報《しら》せでなくてよかったです」

　レーヌの言葉にマナはギョッとする。

（夜中にって!?　まさか……あの後すぐに!?　あれだけすぐに寝るようにって言っておいたのに……余計なことを……）

「す、すみません……まさかそんなに早く……朝になってからで十分なのに……」

「気にしないでください。いつものことですから慣れています。でなければ、元々秘書が住み込みで働く必要もありませんし。想定内のことですよ」

「……は、はあ」

深夜に緊急の用事でもないのにたたき起こされても気分を害した様子もなく、平然と言ってのけるレーヌにマナは驚きを隠せない。

「いつもって……大変ですね……」

「まあ、それに見合うだけの待遇で雇われていますし、彼に合わせるのは今に始まったことではないので――」

「え？」

「学生時代《グランゼコール》、寮が同じだったんです。昔から彼は極端なショートスリーパーでしたから、それに合わせるのはなかなか骨が折れました」

「……なるほど」

やはり一流の秘書は違う……と、マナはレーヌに感心する。

「気が長いというかなんというか……とても私には真似《まね》できそうにありません……主治医として雇われていながら何ですが……」

「いや、彼に合わせられる人間なんてそうはいませんよ。せいぜい私くらいなものだと自負しています」

レーヌは自席から立ち上がると、マナの椅子を引いて座るように促した。

アランも同様、レーヌも基本的にレディファーストを基本とした紳士的な所作が身についている。

今まで真逆の世界にいたマナは、いまだにこういった丁重な扱いに慣れない。

ぎこちなくも席につくと、昨日アランの様子がおかしかったことについてレーヌに探りを入れてみようと思い立つ。

だが、口を開く前に、アランが食堂へと入ってきた。

ライトグレーの三つ揃《そろ》えのスーツに紺色のネクタイを合わせた彼の姿を目にするや否や、マナの胸は大げさなくらい高鳴ってしまう。

昨晩、口移しで薬を飲ませたときのやりとりを思い出してしまって顔が火照る。

「おはよう、二人共」

「「おはようございます」」

レーヌとマナが応じる中、アランは一番奥の席へとついた。

マナはその横、彼女の対面にレーヌという席順になっている。

主が席につくのを見計らって、デイビスがティーセットをのせたワゴンを運んでくると、ファーストフラッシュのダージリンティーをそれぞれのカップへと注ぎ入れて、朝食がスタートした。

「一体何の話をしていたのかね？　ドクターの驚いた声が廊下まで聞こえてきたが」

「私たちが旧知の仲ということを話していたのですよ」

「――ふむ」

レーヌの言葉にアランは紅茶を飲む手を止めた。

「……なぜそんな話をすることになったのかね？」

「貴方が真夜中に人を起こすのはいつものことだという話の流れからですよ」

「昔からの生活習慣が現在《いま》を作るのですから、とても有益な情報かと」

すかさず真顔で合いの手を入れるマナに、アランは渋面を浮かべる。

「それにしてもそんなに昔から不眠に悩まされていただなんて。初耳です」

「ええ、せいぜい二時間も寝ていればいいほうかと」

「二時間っ⁉　問診表では三時間という話で……それでも少なすぎるというのに……」

「本当に困ったものです。そのくせ睡眠導入剤すら飲もうとしないのですから」

「こんなに不真面目な患者は初めてです。これではお抱えの主治医を雇ったところでまるで意味がないのではありませんか⁉」

「ドクターの仰《おつしや》るとおりです」

「………………」

レーヌとマナのやりとりを聞いていないフリをして、運ばれてきたクリームスープを口にするアランだが、いつになくたじろいでいるように見えてマナは笑いを誘われる。

「本当に厄介な患者でしょう？　ドクター、お察しします」

「ええ、まったく。こんな患者は初めてです！　詳細な検査の時間も確保していただけないばかりか、薬すらきちんと飲んでいただけないとか……ありえません！」

「ですが、実はこれでも進歩したほうなんですよ。食事だけはこうしてきちんととるようになりましたから。ドクターのおかげです」

「……え？」

ちらりとレーヌが目を眇めてアランに視線を移すと、彼は眉をひそめてみせた。

目で秘書を制止させようと言わんばかりに。

だが、ここぞとばかりにレーヌは、今までたまっていたと思《おぼ》しき彼への不満を饒舌《じょうぜつ》に続ける。

「以前までは、そもそも決まった時間に食事をするという習慣すらありませんでした。食事を忘れることも多々あったほどです」

「……何よりもまずは生活習慣を改めなければなりませんね……まあ、今後は私が仕事にも同行することで嫌でも改めさせてみせます」

「それは頼もしい」

話が盛り上がる二人に、アランがわざとらしい咳払《せきばら》いをして割って入った。

「……もうその辺にしておきなさい。せっかくの朝食が冷めてしまう」

「では、また後ほど改めて。ドクター、彼について質問があればいつでも受け付けますのでお気軽にどうぞ」

「ありがとうございます。助かります」

「…………」

二人のやりとりにアランの眉間の皺は深まる一方だった。

第三章

（会議って、こんなにも長引くものなの⁉）

マナは控え室にて、幾度となく時間を確認してはため息をついていた。

アランの仕事に同行することになってようやく二週間が経とうとしていたが、今日の会議の長さは尋常なものではなかった。

午前中から昼休憩も入れずに五時間の重役会議——

世界中に支社があることもあって昼夜を問わない忙しい仕事であることは理解していたし、彼の仕事に同行するようになってそれを身を以《も》って思い知ってはいたが、それでもさすがにこれは……と眉をひそめずにはいられない。

なんでも厄介な訴訟問題が起きていて、その具体的な対策について話し合うのだとレーヌから聞かされていたが、ここまで時間のかかるものだとは思いもよらなかった。

よほどの事態だと察すると同時に、アランのことが気がかりでならない。

ただでさえ脆《もろ》い心臓にあまり負荷をかけたくない。

無論、何かあったときのことを考えて、すぐに対処できるよう準備は万全に整えてはいるものの、そんな事態は起こらないにこしたことはない。

遅々として進まない時間を恨めしく思いながら、マナが再びため息をついたそのときだった。にわかに会議室からざわめきが聞こえてきて、ようやく会議が終わったようだと胸を撫《な》でおろす。

会議室につながるドアが開いて、アランがレーヌと共に控え室に戻ってきたのを見てマナは席を立つ。

「お疲れ様でした。随分と長くかかったようですね。大丈夫ですか？」

「——ああ、随分と待たせてしまって申し訳ない」

いつもと変わらない様子にも見えるが、顔色も表情も優れないし口調も重々しい。

すぐにマナは患者の些細《ささい》な変化を見抜く。

「私のことはどうかお構いなく。ご自分の心配だけなさってください」

心配な気持ちを押し隠して、淡々と言葉を続ける。

「昼のお薬がまだですね。何か簡単にお召し上がりになってからにしましょうか？」

「いや、その時間はなさそうだ。会議が長びいたせいで次の予定が押している。すぐに移動しなければ」

「……ですが」

相当疲れきっているはずなのにそれを感じさせまいとしてか、彼の身にまとう張り詰めきった空気はまるで他人を寄せ付けまいとするかのようなことが気がかりだ。

だが、マナは怯《ひる》まず果敢に挑む。

「いえ、お食事は無理だとしても、何か胃に入れて薬だけでも飲んでいただきます。それくらいの時間もないとは言わせません」

「………」

一歩も退こうとしないマナの言葉に目を瞠ると、アランは苦笑した。

「確かに貴女の言うとおりだ。いいだろう」

彼の言葉に危険な響きが宿るのを感じて、マナはぞくりとする。

「レーヌ、少し席を外してくれるかね？」

「はい」

レーヌは余計な詮索はせずに、すぐに部屋を出ていった。

二人きりになって、マナの心臓はよりいっそう早鐘を打ち出すが、努めてそれを意識しないようにして紅茶と一緒にいただいていたショコラを手にとった。

さすがに薬を飲ませる前に何か胃に入れておいたほうがいい。

そう思って、それを口に咥《くわ》えると、いつものようにソファに腰かけた彼に向き合う。

間近で彼の熱を帯びた挑むようなまなざしに気圧されそうになりながらも、ショコラを口に咥えて彼の唇へと運んでいく。

そして、ショコラを口移しで彼に食べさせる。

が、いつもとは違って、いきなり頭を抱え込むように情熱的なキスをされ、口の中にブランデーのほろ苦さとショコラの甘さとが拡《ひろ》がった。

「ンン……ンッ!?」

薬を飲ませるときの彼は、いつもあくまでも紳士的だったのに。

くぐもった声を洩《も》らしながら、マナは身をよじりつつも抵抗しない。

口端からショコラが伝わりおちていき、獰猛な舌に口中を貪られ、息すらしづらい。

最初に彼に唇を奪われたときと同じ。否、それ以上に激しく舌を深く挿入れられ、吸われてしまう。

官能の針が幾度となく脳を突き刺してきて、まだ仕事の途中なのに――いつ隣の部屋で控えているレーヌが戻ってくるかしれないのにといった考えを搔《か》き消していく。

（……二週間前のあの晩とよく似ている……何かあったのかしら？）

そうとしか思えない。

だからこそ、それが気がかりで抵抗しようという気を不思議なほど削《そ》がれてしまう。

疲れ切った彼を目の前にしてさらには求められて……少しでも彼の捌《は》け口《ぐち》になれたなら——

自分でも驚くべき感情が胸を衝きあげてきて、つい彼の舌に応じてしまう。

そこでようやく、マナは朝、昼、晩と薬を彼に口移しで飲ませるという行為に焦らされていたことを痛いほど思い知らされてしまった。

(嘘よ……こんな……ありえない。公私混同にも程がある……)

そうは思うのに、いったんタガが外れてしまった自分をもはや制御できない。

彼の舌に水からのそれを絡めたかと思うと、熱を帯びた深い息と共に息を継いで、再び彼の唇を貪ってしまう。

「ン……ふ……ンンン……」

悩ましい声が無意識の内に洩《も》れ出てきてしまうのが悔しくてならない。

舌と舌とが情熱的に絡み合う湿った音が羞恥に拍車をかける。

やがて、アランが名残惜しそうに唇を離すと、彼女の身体を抱きしめてその耳元でため息交じりに呟いた。

「てっきり抵抗されるものだとばかり思っていたのだが——」

「……っ⁉　だったら最初からしないでください！」

「何度も果敢に試してみる価値はあるというのが信条なものでね。少なくとも恐れて何もしないよりはずっといい」

「…………」

アランの言葉はマナの胸に重く響く。

大企業を統べるトップである彼だからこそ、それは含蓄のある言葉だった。

彼の目は憂いを帯びてはいたが、同時に揺るぎない信念が凝縮されているかのように、いつも以上に強く輝いていた。

その目にマナは見入ってしまう。

「――参ったな。今すぐにでも全ての予定を切り上げて『続き』をしたいくらいだが」

「っ⁉」

苦笑しながら独りごちるアランにマナの心臓が大きく跳ね上がる。

（『続き』って何⁉）

「……さっさと仕事に戻ってください！」

彼を睨みつけてすてばちぎみにピルケースを突き出すと、アランはそれを受け取ってなんと自ら薬を飲んだ。

「………」

驚きに目を瞠る彼女にアランはいたずらっぽく微笑んでみせる。

「っ⁉　ご自分で飲めるのなら、次からはご自分で飲んでもらいますから！」

「――ああ、建前が必要なくなればそうしよう」

「建前って……」

顔を真っ赤にして絶句するマナの耳元にアランは囁いた。

「いい子だから夜まで待っていてくれるかね？」

「なっ……⁉」

反論しようとしたマナの唇をアランの人差し指が制した。

「………」

マナは口を真一文字に引き結んだまま、困り果てたように彼を睨みつける。

と、そのときだった。

ドアがノックされ、マナは弾かれたように彼から距離をとる。

「――そろそろお時間です」

「ああ、すぐに行く」

レーヌに応じて、アランは何事もなかったかのように部屋を退出していった。マナにピルケースを渡して。

彼のポーカーフェイスを恨めしく思いながら、マナはピルケースを力いっぱい握りしめて床にたたきつけたい衝動を抑えるのに必死だった。

※　※　※

(『続き』だとか夜まで待つだとか……ありえない。これじゃ私のほうが求めているかのような……侮辱にも程がある！　そもそも薬を飲ませるのを『建前』だとか……私の前でそれを言う!?　ホントに信じられない！)

マナは苛立ちも露わに荒らぶる胸をなんとかしずめるべく、思いの丈をつれづれなるままに日記帳に書きなぐっていた。

日記帳というよりも、むしろ愚痴帳に近いかもしれない。

やりきれない出来事に直面するたびに、こうして日記帳に思うがまま胸の内を書き連ねるとスッキリするのだった。

だが、今回ばかりはなかなか難しくて——十ページ以上も書きなぐっているのに、一向に気が済まない。このままだと一冊書下ろしみたいなことになってしまいかねない。

（というか、どうしよう……）

やおら万年筆を置くと、マナは部屋をソワソワと歩き回る。

会議に継ぐ会議を終えた後、アランは今回の出張の滞在先であるクラシックホテルに移動し、取引先のパーティーに出席していた。多忙を極める彼の予定もさすがに今日はこれが最後。

マナも参加を求められたが、いつものように「自分がどうしても必要な理由がないならば遠慮したい」とかわして、ホテルの自室で「夜の診察」のために待機している。

どうもパーティーなどといった華やかな場は苦手でならない。

元々自分を着飾ることに興味がないのに、それを周囲から期待されるというのがまず面倒くさい。

だが、一番苦手なのは、権力を振りかざす人間に媚《こび》を売る人間、そういった人間に憧れる人々もいれば、嫉妬する人々もいて——そういったドロドロとした人間関係が嫌でも透けて見えてしまうことだった。

わざわざ時間と労力を費やして気疲れしに行くよりも、興味ある研究の論文や文献を読み込むほうがよほど有益だという信条はそうそう変わりはしないだろう。

だが、そろそろそのパーティーも終盤に差し掛かっている頃で、「夜の診察」の時間が刻々と差し迫っている。

夕方のやりとりのせいで、何度となく逃げ出したい心地に駆られるも、それではなんだか彼に負けたような気がして悔しい……。

それに何せアランの壊れた心臓はいつ発作を起こすか分からない。

いざ彼の身に何かあったときに、すぐに対応できる人間が必要不可欠。そのための主治医なのだから逃げ出すなんてもっての他。

今さらながら、自分の負けず嫌いな性分と生真面目さが面倒くさい。

（……なんとか彼を躱《かわ》す方法はないかしら？　このままでは本当の本当に……）

思わずキスの「続き」を想像してしまって慌てて頭を振る。

ただの生殖行為であるという認識でしかなかったため、具体的に想像できないからこそ余計に不安になる。

（いや、さすがにそこまでは……でも、あの様子じゃ本気でやりかねないし……そもそもどうして私なんかに⁉　そういう行為に至る理由だって見つからないのに。性質の悪い冗談にも程がある……）

今までこういった類の悩みとは無縁だったこともあって、どうしたらいいかまるで分からない。

ただとてつもなく恥ずかしい行為であろうことは想像にかたくない。

そう、最初に彼に指でされたとき以上に――

思い出してしまうだけで、こんなにもせわしない動悸に襲われるのはなぜだろう？

（口移しで薬を投与するとか……そのせいでオキシトシンの分泌が過剰なせい？　なんとか遮断しなくては……だけど……ああっ、もう……どうすればいいの⁉）

マナが心の中で叫んだちょうどそのときだった。

不意にドアがノックされて、マナの心臓はひっくり返る。

「は、はいっ」

「ドクター、お疲れ様です」

ドアが開いて、姿を見せたのはアランではなくレーヌだった。

「随分と待たせてしまって申し訳ありません。当初よりもかなり長引いてしまって。じきにお開きになるとは思うのですが……」

彼の表情と声色がどこか強張《こわば》っているように感じられて、マナの気は引き締まる。

「何かありましたか？」

「ええ、周囲は気づいていないようですが、どうも彼の調子があまりよくないようで。いつも以上にアルコールも進んでいるようですし……」

「最近は飲酒量もかなり減らしていたはずですが――不整脈のリスクをあげることになると説

明し、理解は得られたものだとばかり……」

「……ですがまあ、今夜ばかりは無理もないかもしれません」

「昼間の会議の件ですか？」

「さすがはドクター、察しが早くて助かります。実は、少し前に出荷前の製品の検査で数値の改ざんが発覚しまして——その件に関与している一部幹部の追及と処分、今後の対策について検討していたのです」

「そんな大変なことが……」

マナの予感が確信に変わる。

「やはり彼は何も伝えていませんでしたか……まったく困った人だ。いつも全てを一人で背負おうとするのだから……」

諦めを滲ませたレーヌを前に、マナはアランに憤っていた。

（……何も言わずに……あんなキスでごまかすなんて……一度ならず二度までも……）

恐らくこの問題が発覚したのは二週間前のあの晩に違いない。

それから調べを進めさせて、今日決着がついたのだと察しがつく。

その間、自分には何の相談もなかったし説明もなかった。

ただでさえ大企業のトップというストレスフルな立場に置かれているのだから、いつも以上に負荷がかかる状況があればなんでも伝えるよう言ってあるはずなのに……。

(私のことがまだ信用ならないと……)

確かに、医師と患者の関係を構築するには時間がかかる。

だが、そう頭では分かっていても、思った以上にショックを受け、憤りのあまり言葉を失っているマナにレーヌは続けた。

「大規模な回収《リコール》を実施することになります。我が社の車は素人でも修理ができるよう、元々シンプルな構造で設計されている商品ですし、回収まではしなくてもいいという意見が大半でしたが、なにぶん彼が譲らないもので」

「……会社的に相当な損失になるのでは?」

「ええ、ですが、彼曰《いわ》く、『目先の損よりも未来の得をとるべき』で、『利用者の安全こそ最優先すべき』だと。まあ、そのスタンスも今に始まったことではないのですが」

「立派な考え方だとは思いますが、正直なところ立派すぎますね」

皮肉をこめたマナの言葉にレーヌは同意を示す。

「まったく仰るとおりで――」

「そういう考え方は嫌いではありませんが、時と場合によるかと」

「同感です。返す言葉もない」

二人は苦々しい笑いを噛《か》み潰《つぶ》す。

「これでは敵が多いのも無理はありませんね」

「ええ、それに関しては彼も『仕方ない』と――ただ、味方の裏切りまではさすがの彼でもそう簡単には割り切れないのではないかと危惧しています」

「その改ざん問題にかかわった幹部というのは？」

「実は……会社の立ち上げにも関わっていた人物でして。彼も信頼していた人物だけにやりきれません」

レーヌは言いづらそうに打ち明けた。

「……どうりで……様子がおかしいと……」

マナはそう呻《うめ》くように呟くだけで精一杯だった。

（本当になんて可愛げのない患者なの！　全部を打ち明けろとまでは言わないけれど、愚痴の一つくらい、相談の一つくらいしたっていいのに！）

腹が立ちはするものの、彼の気持ちも分からなくはないのがこれまた悔しい。

誰にも弱みなんて見せたくない。見せてたまるか。

そう思ってしまう性質なのだろう。

でも、だからといって、彼の主治医という立場上、それをまるごと肯定するわけにはいかない。

「……とりあえず、私も会場に向かって彼の様子を直に確認します」

「助かります」

「では、十分後に——」

口早に言うと、マナはレーヌを部屋から見送ってからクロークへと移動した。

そこには、アランが会食やパーティー用のためにと用意してくれたドレスがかけられている。

オートクチュールの高価なドレスなんて自分には分不相応だと思っていたし、袖を通すこともなさそうだと思っていたのに……。

複雑な思いでマナは、極力シンプルなドレスを適当に見繕った。

パーティーは苦手だが、出席せざる理由ができたのだから仕方ない。

そう自分に言い聞かせて、マナははやる思いで支度を済ませると、パーティー会場へと向かった。

※　※　※

（胸元が落ち着かない……）

クラシックなAラインのドレスではあるが、胸元が強調される大胆なカッティングであるためマナはそわそわしながらパーティー会場へと向かった。

片手を胸元にさりげなく添えるようにして隠しながら、まだ多くの紳士淑女で賑《にぎ》わっているパーティー会場を見渡す。

広い会場ということもあってすぐに彼が見つかるかどうか不安だったが、その心配は杞憂だった。

なぜならこれだけ多くの人々がいる場であっても、彼は抜きん出た存在感を放っていたのだから。

嫉妬と羨望の入り混じったまなざしを一身に浴びている彼は、それをまったく気にしていない様子でブランデーのグラスを片手に歓談に興じていた。

うっとりとした面持ちの美女たちに囲まれて——

「…………」

マナの足は床に縫い留められる。

続いて、すぐさま踵《きびす》を返して会場を去りたい衝動に駆られてしまう。

だが、彼の横顔がいつも以上に陰りを帯びているように見えて、かろうじてそれを思《おも》い留《とど》まる。

色とりどりの流行のドレスに身を包んだ女性たちはとても華やかで――彼女たちもまた周囲の男性からの視線を集めていた。

しかし、そんな彼女たちからの視線を集めているのは他ならぬ彼だったのだ。

見てはならないものを見てしまったかのような感情がマナの胸を蝕《むしば》み息が詰まる。

想像はついたものの、まさかここまでショックを受けるとは思わなかった。

（……別に……彼女たちと同じ土俵に立つわけでもなし……私はただ単に彼の主治医なのだから……怖気《おじけ》づく必要なんてこれっぽっちもない）

そう自分に言い聞かせると、マナは勇気を振り絞ってアランの元へと機械的に足を左右交互に突き出して歩いていく。

果たして、すぐにアランはマナに気付いた。

顔をあげたかと思うと、ドレス姿のマナに鷹揚に微笑みかける。

同時に、周囲の女性たちの視線がマナへと見えない針となって突き刺さる。

「ああ、マナ、そのドレスは想像どおり貴女にとてもよく似合っている」

「……それはどうも」

「まさか貴女がここに足を運んでくれるなんて思いもよらなかった」

「……仕事ですので」

アランの賛辞も努めて淡々と受け流すマナだが、まるで異物に向けられるかのような周囲からの視線が居心地悪くて顔をしかめる。

こいつは何者だ⁉　という敵意が伝わってくる。

(要件だけ済ませて早く退散しよう)

そう思い直すと、マナは口早に彼に告げた。

「そろそろパーティーを切り上げてはいかがですか？　今日はいつも以上に随分とお疲れのはずでしょうし」

「――レーヌかね？」

「…………」

彼の問いは無視して、マナはさりげなく彼の手をとって脈を測る。

(……時々脈が抜ける……不規則な上に早すぎる……相当負荷がかかっている……)

レーヌの話から予想できたことではあるが、あまり良い状態ではない。

表情を曇らせたマナに構わずアランは耳打ちしてきた。

「てっきり『続き』の催促と期待したのだが――」

「断じて違います」

「まったくつれない。だが、貴女のそういうところも気に入っている」

「……そんなことはどうでもいいですから、少し休んだほうがよいかと」

二人の気の置けない様子に、周囲の女性たちは心穏やかではない。

訝し気に眺めては、互いに耳打ちし合う。

「まさか彼女が彼の……？　ありえないわ」

「ええ、地味すぎだし、不釣り合いにも程があるでしょう？」

彼女たちは声を潜めているつもりだろうが、得てしてこういった類の会話は本人にも届いているもの。

(だから……ただの主治医が派手である必要性なんてどこにもないし！　釣り合おうなんて思ってすらいないし！　おおきなお世話！)

心の中でツッコミをいれつつ、いたたまれない思いでマナがアランから手を離そうとしたそのときだった。

逆に彼に手を強く掴まれて、驚きに目を瞠る。

「……あ、あの？」

「確かに――そろそろ退散するとしよう。貴女と過ごす時間のほうがよほど有益だ」

「っ⁉」

周囲に聞こえるような声で言った彼にマナはギョッとする。

（何もそんな風に言わなくても……）

「いえ、パーティーも……その……それなりに有益とは思いますが……」

咄嗟に彼の発言のフォローにかかるも、パーティーなんて無駄だという本心が邪魔をして口ごもってしまう。

「だが、こういった場には外面だけを着飾ることしか興味のない女性たちが多く集まりがちなものでね。正直辟易としていたのだよ」

それは明らかに周囲への当てつけに他ならず、はっきり物を言うほうのマナですら焦ってしまう。

「それに比べて、マナ、貴女は心身共に気高く美しい。貴女と過ごす時間のほうがよほど有益だ」

アランは堂々とした口調でそう言葉を続けると、周囲の女性たちを蔑むような冷ややかな視線で圧してたじろがせる。

（っ⁉　どうして……ここまで……）

いきなり公の場で親しい仲をアピールするかのように名前で呼んできた挙句、周囲に喧嘩《けんか》まで吹っ掛けるなんて。

マナはもうどうフォローしたものか分からず途方に暮れる。

一方のアランは、何事もなかったかのようにマナの手をとって自分の腕に絡めさせると、パーティー会場を後にした。

※　※　※

「……少し飲みすぎではありませんか？　さっきみたいなこと……貴方らしくもない」

「いや、あれくらい言わなくては、彼女たちには分からない。普段あまりものを考えていない人種というのは得てしてそういうものだ。貴女とは違う」

アランの毒舌に顔をしかめつつ、加えて不謹慎だとは思いながらも、マナの胸は高揚していた。

パーティー会場で、彼がらしくもない発言をしたのはきっと自分を守ってくれるためだろう。

局長室に乗り込んだときもそうだったと、懐かしく思い出す。

(自分のことは、悪魔だとかひどい呼ばれようをされても気にも留めないくせに……不思議な人……)

今まで異性は敵でしかなかったのに――

(……私を怒らせたかと思ったら庇《かば》ってくれたりもして……一体何を考えているのか分からな

い。つくづく調子がくるう……）

マナは彼と腕を組んだまま胸の内で独りごちる。

一方のアランは、絨毯の敷き詰められた廊下を進んでいき、一番奥まった場所にあるエレベーターへと彼女をエスコートしていく。

他のエレベーターとは異なり、優美なワイヤーが幾重にも絡み合っている瀟洒《しょうしゃ》なデザインのそれには専用のスタッフがついていて、アランの姿を認めるや否や深々と一礼して扉を開く。

専用のエレベーターでスイートルームまでやってくると、アランに促されてマナは部屋の中へと足を踏み入れた。

見晴らしのよいルーフバルコニーつきのスイートのリビングには、重厚な調度が置かれて、有名な絵画や彫刻などが惜しみなく飾られている。

リビングだけでもゆうに一般客室の三倍の広さを誇り、ベッドルームもメインの他に二つも備えている。

リビングからバルコニーへと移動したところで、ようやくマナは我にかえって足を止めた。

（いけない……ぼうっとしている場合ではないのに。エスコートされるがまま彼の部屋に二人きりだなんて……）

いまさらのように心臓が跳ね上がって頬が熱を帯びる。

「――あ、あの、申し訳ありませんが、少し部屋でお待ち願えますか？　薬は持ってきましたが、診察用のバッグをとりに戻らないと……」

「いや、今夜は必要ない」

「そういうわけには……」

反論しようとしたマナの唇をアランのそれが優しく奪ってきた。

「……っ」

頭が痺れるような甘いキスの不意打ちに、マナは身を震わせる。

（駄目……このままでは……）

あれだけ彼の言う『続き』を回避しなければと思っていたはずなのに、蕩《とろ》けるようなキス一つで早くも彼に流されてしまいそうになる。

だが、マナはかろうじて残された一かけらの理性を奮い立たせて、胸元からピルケースを取り出して言った。

「駄目です。先に薬を……」

「――今の私にとって何よりの薬は貴女だ。ドクター」

そう囁くと、アランは彼女をソファの上に押し倒した。

「っ⁉」

いつになく性急かつ強引な彼にマナは驚きを隠せない。

（やっぱり……いつもと違う……）

確かに最初に契約を交わしたときには強引だったアランだが、それ以降はずっと紳士的なふるまいを通してきたのに。

違和感を覚えつつも、マナは彼の重みを全身に感じて、今までにない昂《たか》ぶりを意識せずにはいられない。

首筋を甘く吸われるだけで、全身が小刻みに震えて四肢が突っ張ってしまう。

「……や、あっ……や……ン……ンン……駄目……です。こんな……あぁ……」

「これでも私としては随分と我慢してきたほうだ」

耳元に艶めいた男らしい声色で囁かれるだけで全身の血が沸き立つ。

「酔った勢いでなんて……ン、あぁ……貴方らしくもない」

「――承知の上だ」

「っ⁉」

不意にアランの声が沈み、動きが止まった。

きつく瞑った目を開くと、すぐ近くに今までになく深く沈んだ彼の双眸があった。

それを目にした瞬間、マナは胸を衝かれる。

それは、今までに彼が見せたことがない目だった。

奥深くに悲しみと失望が凝縮されたかのようで、胸にまで迫ってくる。

「………」

マナは彼をじっと見つめると、黙ったままその頬を撫でた。

アランは何も言わず、彼女を見つめ続けている。

「……とりあえず眠ってください。心にも身体にも睡眠が一番の薬ですから」

「悪いがさすがに今夜は無理そうだ」

「目を閉じるだけでもいいですから。それでもまったく寝ないよりはマシです。私は貴方の主治医ですから。何がなんでも寝てもらいます。ハーブティーでも淹《い》れましょうか？　それとも睡眠導入剤でも使いますか？」

　頑として譲ろうとしないマナにアランは脱力したように苦笑すると、しばらくの間迷っている様子だったが、意を決した様子で告げてきた。

「それよりもずっとよく効く方法があるのだが――貴女も知っているはずだ」

「――っ!?」

　意味深な彼の指摘にマナは息を詰める。

（まさ……か……最初の診察で彼が私にしてきたようなこと？）

目を大きく見開いた彼女にアランは不敵に目を眇めた。

刹那、彼の目が獰猛な猛禽類《もうきんるい》のように鋭く輝き、マナは身を竦める。

（やっぱり……）

動悸のあまり眩暈を覚える。

（だけど、どうすればいいの？　やり方すら分からないのに……）

言葉を失い戸惑うマナにアランは言葉を続けた。

「いや、どうかしていた。今の話は忘れてほしい――私のことは構わず、貴女も部屋に戻って寝たほうがいい」

「……ですから、貴方が寝てくれないと私も眠れないのです！　今夜だけは……どうか寝てください……ゆっくり心も身体も休めて……」

「だが、レーヌも言っていたように不眠の症状は今に始まったものではない。そう簡単には治らないだろう」

「私が治してみせますから！」

マナが断言して、アランは驚く。

「なぜそこまで――」

（それは……私が聞きたいくらい……）

どうしてこんなにも彼のことが気になってしまうのだろう？

力になりたいと思ってしまうのだろう？

彼が自分を粗末に扱うのがどうにも許せない。

（死にたがりの患者なんて……医師として許せないだけ……）

他の理由からは敢えて全力で目を背けると、マナは「……だって、私は貴方の主治医ですから」とだけ言ってのけた。

そして、彼のがっしりとした胸板を手で押し返した。

アランが身を起こすと、マナもソファから立ち上がる。

「……寝室へ行きましょう。こんなところで寝ては風邪をひきます。今夜だけは私が絶対に寝かしつけてみせますから」

なんて大胆なことを口にしているのだろうと、全身から嫌な汗が噴き出す。

だが、今の彼をこのままにはしておけない。放ってはおけない。その一心で黙ったまま彼の返事を待つ。

「……分かった」

アランも身体を起こすと、マナの手をとって寝室へと先導していく。

マナの心臓は壊れんばかりに早鐘を打ち、手は緊張に汗ばむ。

ややあって、二人は寝室へとやってきた。

キングサイズのベッドに座らされて、そのまま優しくついばむように彼にキスをされて、マナは目を細める。

（本当はやり方すら知らないのに……どうしよう……）

未知の領域を前に戸惑うマナの身体をアランが優しく横たえてきた。

「あ……あの？」

「貴女の寝かしつけも気にはなるが——それ以上に私が貴女を欲しているものでね」

耳元で熱っぽく囁かれると同時に耳たぶを甘噛みされて、マナは肩を跳ね上げて喉を反らす。

その無防備な喉元へとアランはキスの雨を降らしていく。

「あっ……ン……あぁ……」

彼の身につけている香水に眩暈を覚えながら、マナは全身をびくつかせる。

柔らかな唇が喉元や首筋へと押し当てられては強く吸われるたびに、妖しい興奮が心身を侵食していく。

アランは、舌でマナの細く浮き出た鎖骨をつぅっとなぞったかと思うと、大胆なカッティングのドレスの胸元へと這わせていく。

しばらくの間、膨らみから谷間へと舌を這わせたかと思うと、中から乳房を掬《すく》うようにして露出させた。

「やっ⁉」

咄嗟に胸を覆い隠すマナだが、手首を掴まれてクロスした手を解かれ、そのままベッドに押し付けられてしまう。

ベッドに標本のように縫い留められた途端、マナの胸が異様なまでに疼く。

(何……今の……変な感じがして……)

ほんのわずかに自由を奪われただけで、こうも昂《たかぶ》るとは思いもよらなかった。

ゾクゾクしながらも、マナは恥じらいに頬を染めて彼から視線を逸らす。

「見ないで……くだ、さい……そんなに……」

「それは無理な注文だ。見とれてしまう」

そう言うと、アランはマナの胸の先端にキスをして甘く吸い上げた。

「あぁっ⁉」

一際強い快感に貫かれ、たまらずマナは上ずった嬌声をあげてしまう。

その甘い声がアランの情欲のトリガーを引いてしまうとは知らずに――

今までじりじりと攻めていたアランの愛撫《あいぶ》が、一転して激しいものへと転じる。

マナの乳房を両手で揉《も》みしだきつつ中央に寄せ、硬くなった二つのしこりをねちっこく交互に虐め始めたのだ。

「んぁっ……やっ……あぁっ……あ、あぁ……食べない……で」

「本当に食べてしまいたい。貴女の何もかも――」

そう言うと、アランは柔肉を乳首もろとも吸い込むようにして甘噛みしてみせた。

「あっ⁉　ああああっ！」

本当に食べられてしまうような錯覚に身震いしながら、マナは内腿《うちもも》を震わせて浅く達してしまう。

一瞬、身体をこわばらせて脱力した彼女の反応を見て取ったアランは、そのまま乳房ごと食《は》むように吸い立てつつ、ドレスの裾をたくしあげていった。

（どう……しよう。これ以上は本当に……）

いよいよその瞬間が迫り、彼の薬になれるのならばというマナの決心は揺れる。

だが、それでも毅然と宙を見据えると、唇をきつく噛みしめて彼にされるがままに身を委ねる。

（別に……大人の男女であれば、こういったことの一つや二つ……大したことでもない。ウブな子供でもあるまいし……）

そう自分の胸に言い聞かせるも、どうしても緊張してしまう。

それを彼に悟られまいと必死にポーカーフェイスを取り繕うも、彼の手が太腿《ふともも》を撫でてきて内腿へと忍び込んできた瞬間、咄嗟に足を閉じてしまった。

だが、アランは何も言わず、無理やりこじあけたりもせずに、すでに愛蜜で濡れたショーツ越しに秘所を揉《も》み解《ほぐ》していく。

「これだけ濡れていればもう大丈夫そうだ」

「っ……あ、あぁあぁ……言わない……で……」

何が大丈夫かというのは言うまでもなくて、マナはくぐもった声を洩らしながら、彼の下で身をよじる。

（駄目……力が抜けてしま……う……）

彼の舌が小刻みに乳首を弾き始めて、感度は研ぎ澄まされる一方。

（あ……あぁ、も、もう……駄目……）

官能の弓が限界まで張り詰めた瞬間、彼の渋くて低い囁きが鼓膜を熱く震わせた。

「――私に全て任せなさい」

「っ⁉　ンっ⁉　ンンンンッ！」

色香溢《あふ》れる声色で、優しくはあるが有無を言わせない強い口調で囁かれた瞬間、マナはついにより深い絶頂を迎えてしまった。

刹那、身体が弛緩《しかん》し、彼の手の侵入を許してしまう。

アランは彼女のショーツを片側へと寄せると、己の中指をあてがった。

そして、愛液に濡れそぼつ秘割れへと埋め込んでいく。

「ン⁉　ン、ンンンぅううぅっ⁉」

まだ絶頂の余韻にひくついたままの蜜壺の奥深くへと指を挿入れられ、マナは大きく目を見開くと身体をのけぞらせた。

「こんなにも欲しがって締め付けてくるとは——」

「ち、違っ……」

「もっと触診してほしいとねだられているようだが？」

「っ⁉」

（私が診察する側のはずなのに……これでは立場がまるで逆……）

屈辱に打ちのめされるマナだが、どういうわけか彼の指をよりいっそうきつく締め付けてしまう。

（ああっ……どうしてっ⁉）

全部彼の指を通して伝わってしまうと思うだけで、恥ずかしさのあまり気がふれそうになる。

にもかかわらず、蜜壺は彼の指に絡みついて、その動きに合わせて湿った淫らな音を紡いでいく。

アランは注意深く指をピストンさせたかと思うと、不意に手首を捻《ひね》って指で膣壁を抉ってくる。

そのたびにマナは身を強く震わせて、シーツへと爪を立てる。

必死に声を堪えようと唇を噛みしめるも、腹部側の壁と奥を抉られるたびに、逼迫《ひっぱく》した甘い声をあげずにはいられない。

（あぁあっ……もう我慢でき、ないっ）

「あっ！　あぁっ！　や、めっ……ンンンンンッ！」

マナは彼の腕にしがみつきながら、ついに深く鋭く昇り詰めてしまう。

悦楽の槍《やり》が下腹部から身体の芯を貫いて、脳に激しい揺すぶりをかけてくる。

「はぁ……あ、あ……あぁ……」

ビクビクっと全身を強く痙攣《けいれん》させた後、マナはぐったりとベッドに身を預けきる。

アランは膣に押し出されてしまった指に糸を引く愛液を見つめて、マナの顔元へと近づけた。

甘酸っぱいツンとした独特の香りが鼻をついて、マナは薄く目を開く。

すると、彼は挑戦的なまなざしでまるでマナに見せつけるように、蜜に濡れた指を舐《な》めてみせた。

（汚い……のに……）

眉根を寄せるマナに鷹揚に微笑みかけてから、アランはベルトを外した。

そして、隆々と猛《たけ》った半身を絶頂の余韻にひくつくマナの秘所へとあてがう。

「っ⁉」

思った以上に熱くて滑らかな感触がじかに敏感な粘膜へと押し付けられてきて、マナは息を呑む。

（これが……彼、の……）

子供を産めるくらいに拡がる場所なのだから、ちょっとやそっとでは壊れたりはしないと分かってはいても、想像以上に太くて硬い肉槍がめりこんできて焦る。

「やっ……あっ……そん……な大きすぎ……て……」

「大丈夫。少しずつ埋め込んでいけば問題ない」

困惑するマナの顔を手の平で包み込むように撫でながら、アランはじりじりと自重をかけて彼女を征服しにかかる。

「っく……あ……あ、あ、あぁ……」

灼《や》けた肉鏝《にくごて》に狭い箇所を穿《うが》たれていく痛みに、マナは口元を両手で覆って必死に声を堪える。

（どうか……初めてだと知られませんように……）

この年にもなって男性経験がゼロというのはさすがに気が引けるし、彼に余計な気遣いをさせたくもない。

その一心でマナはひたすら破瓜《はか》の痛みに耐え続ける。

だが、アランはそんな彼女の事情を全て見透かしたかのように、彼女の反応を確かめながらあくまでも紳士的に腰をゆっくりと進めていった。

「——これで全部だ」

やがて、アランが吐息交じりにマナの耳元で呟いて、マナの強張りきった表情もわずかに緩む。

（ああ……とうとう……彼と……）

この瞬間をどれだけ恐れていたかしれない。

だが、同時に求めてもいた。

相反する思いに苛まれながら、マナはアランをすがるように見つめる。

「……マナ、ずっとこうしたかったと言ったら、貴女は私を軽蔑するだろうか？」

苦し気に打ち明けてきた彼をいとおしく思う。

マナが切羽詰まった表情で首を左右に振ってみせると、アランは表情を和ませて彼女の眉間へと口付けてきた。

　そうして彼女の眉間をほぐすと、いよいよ腰を動かし始めた。

　蜜壺の中で張り詰め切った肉槍が動き始めて、マナは再び息を詰めて顔を歪ませる。

「あっ⁉　あぁっ……やっ……いっ……ン……ぅうう……」

　肉槍に膣壁もろとも外に引きずりだされてしまうのではないかという錯覚に慄《おのの》いたかと思いきや、亀頭が奥深くを抉ってきてきつく閉じた目の裏が真っ赤に染まる。

　痛くて身体の中心から裂けてしまうかに思うのに、ほんのわずかに混ざる愉悦がだんだんと肥大していく。

「だいぶよくなってきたようだ……」

　最初は侵入者を追い出そうとする動きしか見せなかった膣壁が、妖しくうねって奥へと誘う動きを見せ始めたのを察して、アランは徐々にピストンを強めていく。

「ひっ……あっ⁉　あぁっ！　や……あぁああ、深、いっ……深すぎ……」

　アランの雄々しい腰つきに、もはやマナは我を忘れてよがりくるってしまう。

　鈍くて太い衝撃が子宮口へと埋め込まれるたびに、髪を振り乱してあられもない声をあげてしまう。

（すご……い……こん、なの……知らな……い……）

「あぁあっ……も、もう……これ以上はっ……」

掠《かす》れ切った声で訴えるも、アランはそれを鵜呑みにはしない。

嗜虐心《しぎやくしん》が剥《む》き出しになった鋭いまなざしでマナの本当の欲求を見抜くと、彼女の足をさらに深く抱え込んでがむしゃらに腰を打ち付けていく。

「あっ！　や、やぁあっ！　だ、ダメ……も、もう……おかしく……な……」

ひっきりなしに最奥に太い衝撃を埋め込まれ、マナは息も絶え絶えになる。

「構わない。存分に乱れくるいたまえ――」

「あ、あぁ……そんな……はしたな……い……のにっ」

「男はそのほうがかえって燃えるというもの」

顔をくしゃくしゃにして身をよじるマナを見据えて、アランは真上から自重をかけて深々とヴァギナを抉り始めた。

鈍色《にびいろ》に濡れた太い肉槍が凄《すさ》まじい勢いで穿たれていくのが見え、さらにマナの被虐心は追い詰められていく。

「あああぁっ！　我慢でき……なっ⁉　や、やぁっ、いやいやいやぁあああぁっ！」

「私も一緒に――」

マナがエクスタシーの高波に呑まれるのを感じつつ、アランは腰を引き抜いた。

ずるりと抜け出てきた肉槍が彼女の上で爆《は》ぜる。

熱い白濁液がマナの下腹部やヒップへと飛び散って穢《けが》していく。

ベッドの軋《きし》む音、男と女が苛烈に交わる音——それら全ての音が収まって、二人の乱れた息が重なり合う。

（……ああ、こんな……世界があったなんて……）

マナは夢うつつの状態で朦朧《もうろう》としていた。

陰核を弄られての絶頂とも、指責めの果ての絶頂とも違う。

もっとより深い悦楽の泉に浸っているかのようで、心身共に心地よいけだるさで満たされていた。

いつまでも浸っていたいと思うのに、どこか空虚な思いが混ざってきてそれを邪魔しにかかる。

（これが……トリステス……）

セックスの至福感の後に訪れる心境だという知識を身を以って思い知る。

だが、その空虚な思いを彼の甘やかなキスがたちまち拭《ぬぐ》い去った。

「……マナ、ありがとう」

彼の満ち足りたたったその一言だけで、マナは救われたような気になる。

「おかげで珍しくよく眠れそうだ」

（よか……った……）

そう思って口に出そうとするも、唇はわなないたままで肝心の言葉が出てこない。

マナは満ち足りた微笑みを浮かべると、深い眠りへと落ちていった。

彼がちゃんと眠りにつくのを確かめてからでなければ……と、後ろ髪を惹かれつつ、もはや抗うことはできなかった。

※　※　※

（……これほどまでに優しくて強くて賢く、健気《けなげ》な女性だったとは）

アランは自分の腕の中で安らかな寝息を立てているマナの寝顔を飽きることなく見つめながら葉巻を味わっていた。

いつもは気丈で勝気な表情をしている彼女が、眠っているときは無垢《むく》な少女のようにも見えて――余計にいとおしさが募る。

（初めてだったはずなのにそんな素振りは見せようともしなかった。果たして、患者のためにそこまで尽くすことができるものだろうか？）

もしも仮にそうだとしたら、自分以外の患者にも同様の態度をとったのだろうか？　と、柄にもなく嫉妬が胸を焦がしてくる。

（いや、彼女の生真面目すぎるともいえる性格を考えるとそれはないか……）

誰にでもというわけではないだろうし、おそらくあの状況でなければありえなかったはず。

（……おそらくレーヌあたりから事情を聞いて、私の身を案じてくれたのだろう）

彼女は賢い女性だ。

もろもろの説明から全てを察した上で、自分にできることがあればと自らを捧《ささ》げてくれたに違いない。

これほどまでに自分のことを気にかけ、尽くしてくれる存在が現れるなんて思ってもみなかった。

生まれ落ちた瞬間から乳母に預けられ、三歳からは寄宿舎にいれられっぱなしで、長期休暇の帰省すら許されなかった。

母親も父親も形だけの夫婦で外に恋人がいたからだと知ったのは、物心がついてからのこと
両親には何度も期待を裏切られ続けていたせいだろう。裏切りには慣れているつもりだった。

それでも、さすがに今回ばかりはすぐに割り切れそうになかった。

望まれるまま父親の会社を継ぐのではなく、新たに会社を立ち上げたときのメンバーの裏切

りは、自分が思っていた以上にいつの間にか心身を深く抉っていたようだ。

そして、それを彼女は見抜いたに違いない。

（……私よりもよほど私のことを理解している。まだ若いのにたいしたものだ。おそらく随分と苦労してきたのだろう）

折に触れて感じてきたことではあるが、今回の一件でその確信を得た。

思いもよらず、胸の奥から熱い思いがせりあがってきて、アランは顔をしかめる。

まさか自分がこんな情熱を他人に抱く日が来るなんて思いもよらなかった。

やはり彼女は特別なのだろう。

だが、本来ならばもっと関係を深めてから結ばれるべきだったはず。

彼女が自分の想像していた以上に、果敢かつ献身的だったのは正直誤算だった。

初々しいぎこちない反応から、初めてなのだろうとうすうす予想はついたものの、一度堰《せき》を切った情熱の奔流は止めることができなかった。

常に冷静沈着で鉄の意志を以って本能をねじ伏せるのが常なのに、彼女のこととなるとこわいほど自制心が効かなくなる。

寸でのところで半身を引き抜いたはいいが、もう少しで彼女の膣内に全てを注ぎ込んでしまうところだった。

これほどまでの渇望感を抱くのは初めてのことで、戸惑いがないといえば嘘になる。

「――知れば知るほど欲しくなる。独占したくなる」

再び燻《くすぶ》り始めた雄の衝動をかろうじて抑え込むと、アランはアッシュトレイに葉巻を押し当てて火を消した。

これ以上彼女を見つめていると、眠ったまま犯してしまいかねない。

アランはサイドテーブルのランプを消すと、静かに目を閉じた。

ここのところずっと荒らぶっていた胸がうそのように凪《な》いで、心地よい充足感が心身に満《み》ち溢《あふ》れているのを感じる。

全てはマナの献身のおかげに違いない。

いつも不眠に悩まされていたのが嘘のように、眠りの奈落へと沈んでいくのを感じつつアランはマナのこめかみにキスをした。

「おやすみマナ」

暗闇と静寂に包まれた寝室に、低く穏やかな声が沁みていった。

※　※　※

まぶたの裏に光がちらついて、マナは顔をしかめながら目を薄く開く。

安眠のためにといつもはカーテンをしっかりと閉じていることもあって、違和感を感じながらぼやけた視界の焦点を合わせていく。

(なんだろう?　心地いい……落ち着く……)

彼の香水と彼自身の香りがどうしてこんなに近く強く香っているのだろう?

不思議に思いながら、カーテンから差し込む光を避けるべく寝返りを打った。

その次の瞬間、アランの彫りの深い顔立ちがすぐ傍《そば》にあり、心臓が止まるかに思う。

「——っ⁉」

(え?　ど、どうして⁉　彼が私のベッドに⁉　いや……違う……こんなに広いベッドじゃないはず……)

激しく混乱するも、ようやく昨晩の記憶が蘇ってきて状況を把握した。

(……そうだ。なんとしてでも彼に睡眠をとらさなくてはと思って……相当つらそうだったから……)

その一心で、ついにキスの「続き」をしてしまったのだ。

下腹部の違和感や、身体のいたるところにかすかに残る強張りが、昨晩の出来事が夢でなく現実であることを無言のうちに物語っている。

あんなに恥ずかしく苛烈な経験だとは知らなかった。

大人になればさほど珍しいことでもないのだろうが、マナにとっては今まで知っていた世界が壊れてしまいかねない強烈な体験だった。

別々の存在であるにも関わらず、一つに溶け合っていく過程を思い出すだけで、心身が妖しく掻き乱される。

(ああ、どうしよう……これからどんな顔をして接すればいいんだろう……)

今すぐ逃げ出したい衝動に駆られつつ、自己嫌悪に押しつぶされそうになる。

いかなる理由があったとしても、ついに患者と医師という関係の一線を越えてしまったことには変わりない。

(医師失格だわ……)

そう思うにもかかわらず、どういうわけか後悔はしていない自分に呆《あき》れてしまう。

マナは途方に暮れる思いで、深い眠りに身を委ねている彼の寝顔を眺める。

(……よく眠れているみたい……良かった……)

いつものどこか険しく憂いを帯びた彼の表情は、今までに見たことがないほどどこまでも穏やかだった。

それに気づくだけで、胸にあたたかな思いがじわりと拡がっていく。

マナはそっと彼の眉間を指先でなぞってみる。

いつも深い皺を刻んでいるが、今はほとんど目立たない。

(彼がいつもこんな表情でいられたなら……)

そんな思いが胸に押し寄せてきて、マナの口元は自然と綻ぶ。

と、そのときだった。

アランのまぶたがひくついたかと思うと、長いまつ毛に縁どられた目が開く。

「っ⁉」

咄嗟に、マナは慌てふためきながら再び寝返りをして彼に背を向ける。

と、彼の逞しい腕に背後から優しく抱きすくめられた。

「マナ、おはよう」

「……お、おはよう……ございます……」

いつの間に名前で呼ぶのが当たり前になったのだろう?

くすぐったい思いを持て余しながら、マナは身を固くして息を潜める。

「おかげで久しぶりによく眠れた。いや、生まれて初めてかもしれないな。こんなに深い眠りが存在することすら知らなかった」

「……それは……なによりです……」

「何よりもの特効薬だった。ありがとう」

「……うぅ」

（薬を処方するはずが……自ら薬になるとか……あぁぁあ、もうっ！　医師失格にも程がある！）

アランの囁きに内心くるったように身悶《みもだ》えるマナだったが、努めて態度には出さないようにする。

「──少しは期待してもいいのかね？」

（期待っ⁉　なんのっ⁉）

心の中で激しくツッコミを入れるも、口を開けば混乱が駄々《だだ》洩れてしまいそうで、マナは黙りこくったまま返事を返せずにいた。

代わりに、とにかくなんとかこの甘い空気を変えなければと、意識的に機械的な口調で気がかりだったことを遠回しに尋ねた。

「……それで……その、もう大丈夫そうですか？」

「ああ、心配はいらない。問題解決のおおよその目途は立ったものでね。しばらくは製品の輸出先の支社へ足を運ぶ必要がありそうだが──」

「……そうですか」

会社のこともだが、それ以上に彼のことを尋ねているのだが、うまくはぐらかされてしまう。

「いえ、会社のことではなくて……貴方自身のことを聞いているのです……」

マナが躊躇いながらもう一歩踏み込んで尋ねると、アランはしばし沈黙した。

「自分では何も問題がないつもりでいるのだが――」

「……その、かなり疲れていらっしゃるようだったので……心身共に……」

「ならば、そうなのだろう。私よりも貴女のほうがよほど見る目がある」

「……からかわないでください」

口をとがらせながらも、マナは彼がいつもの調子を取り戻していることに内心胸を撫でおろす。

だが、彼の主治医として、言うべきことだけは言っておかねばと言葉を続けた。

「とりあえず……今後は心身にいつも以上に負荷がかかるようなことがあったら、いち早く私にも相談するようにしてください。黙ったままというのは困りますし、診療においても効率的ではありませんから。少しは信頼していただけたら……ありがたいです」

まだその段階ではないのかもしれないけれど、という言葉は敢えて言わずにおく。

「いや、貴女のことは信頼している」

「でも、それではなぜ……」

「これは主に私側の問題に過ぎない。子供の頃から自分のことには救いようのないほど疎い上に、基本的には何でも自己解決する悪い癖がついているものでね」

「……それは……分かりますけど」

物心ついたときから自分のことは全て自分で。

頼るべき親がその役目を放棄している場合は、どうしてもそうなってしまう。

それが分かるからこそ、マナはそれ以上強くは言えない。

「だが、貴女に余計な心配をかけてしまうならば、少しずつ直していきたいとは思う」

続くアランの前向きな言葉に、マナはうれしくなって肩越しに彼を見つめた。

「ええ……ぜひそうしてください」

「だが、敢えて直さないという手もある」

「っ⁉　なぜですか？」

「昨晩みたいな特効薬を処方してもらえるのであればと、どうしても考えてしまう」

「っ⁉　からかわないでくださいっ！　私は真剣にっ――」

マナが彼を睨みつけて声を荒らげようとするも、唇を言葉ごと彼に奪われてしまう。

いきなりの不意打ちに面喰《めんくら》いながらも、彼の舌の侵入を許してしまう。

アランは大胆な舌使いでマナの口中をまさぐり、熱っぽく吸い立ててくる。

「んぅ……ン……ンン……」

マナはくぐもった声を洩らしながら目を細める。

(あああ……ズルい……こんなキスをされてしまうと……また……)

彼に雄々しく舌を吸われ、早くも身体の奥が疼くのを感じずにはいられない。

同時に、ヒップに硬いものがあたるのを感じてハッと息を呑む。

「からかってなどいない。私は本気だ」

アランはマナの唇を解放すると、彼女の耳に熱っぽく囁いた。

「貴女が私にとって何よりの薬というのは紛れもない事実だ。感謝している。昨晩は特によく効いた」

彼の言葉にマナは救われたような気になる。

「……だが、効きすぎる薬は癖になってしまうのが難点だ」

「えっ⁉」

どことなく嫌な予感がして身構えるも時すでに遅し。

「また欲しくなってしまった」

「……っ⁉」

(えええええっ⁉　そ、そんな……嘘っ⁉　朝からそんな……夜だってあんなに激しかったのに……）

冗談と思いきや、アランは背後からマナの胸をやわやわと揉みしだきつつ、ヒップの下へと肉槍を無遠慮に押し込んでくる。

「やっ……あ……やぁっ……ま、待っ……薬の飲みすぎ……は……毒だと……」

「それでも構わない」

抵抗を試みようとするマナだったが、両方の乳首を指ですりつぶすように弄られ、手に力が入らない。

そうこうするうちに、ついに固くいきり勃起《た》った肉槍が秘所へとめり込んでいってしまう。

「ひっ⁉　あ、あ、あ、あぁああ……」

マナは引き攣《つ》れた声を洩らしながら背筋を丸めて腰を引く。

しかし、アランは彼女を逃さない。

背後から抱きすくめるように身体を添わせて、すでにぬかるんでいる媚肉の奥深くへと半身を進めていった。

「うっ……あ、あ、あぁああっ……」

「――そう、少しの我慢だ」

いつも子供相手に注射するときの台詞をアランに盗《と》られたような気がして、倒錯した愉悦の波にたちまち呑まれてしまう。

（あああ……どうしよう……抗えない……）

朝日の差し込むベッドルームで、マナは成す術もなくまたも彼に征服されていく。

夜は「心身共に深く傷つき疲れきっている彼に睡眠をとらせる」という大義名分があったが、今は何もない。

ただそこにあるのは、互いに強く惹かれ合っているからという単純明快な理由のみ。

（認めたく……ない……）

だけど、もうこうなればもはや認めざるを得ない。

マナはアランに抱く思いの正体をようやくつきとめながらも、やはり認めてなるものかとなおも抵抗を諦めず……それでも彼の巧みな愛撫にされるがまま蕩かされていく他なかった。

第四章

（……私はあくまでも彼の主治医で……彼は患者であって……それ以上でもそれ以下でもないはずなのに……一体どうしてこんなことに……）

マナは複雑な面持ちで、かれこれ一ヶ月は思い悩んでいた。

ついに結ばれてしまったあの晩から明らかにアランとの距離が縮まったはいいが、どうも縮まりすぎてしまったという気がしてならない。

主治医と患者という関係を忘れてしまいそうになるくらい、彼の態度は甘くロマンティックなものへと変貌を遂げていた。

今夜も仕事を終えた後、食事とオペラ鑑賞に誘われている。

それはどう考えてもデートとしか思えない。

にもかかわらず、仮にそうだと考えると、自分と彼とではどうにもつり合いがとれていない気がしてもろもろ抵抗がある。

（公私の別はつけるべきなのに……そもそも彼がどういうつもりなのか、さっぱり分からないし……）


彼との曖昧な関係は、本来関係を深めるべき手順を間違えてしまったから。

黒と白をはっきりと分けたがる性分のマナにとってはすこぶる居心地が悪い。

だからといって、この問題だけは、いつものように白黒つけようとは到底思えない。

正直なところ、確かめるのが怖かった。

どうしても悪いほうにばかり考えが傾いてしまい、だとしたら居心地の悪さは我慢してでも、曖昧なまま現状維持でよいのでは？　とも思えてくる。

（本当に……彼が相手だと調子がくるいっぱなしで困る……）

マナは頬杖《ほおづえ》をついたまま、ため息をつく。

彼と出会うまでは、「貧富の別なく、一人でも目の前で困っている多くの子供を救う」という目標に向かってひたすらがむしゃらに突き進んできた。

それ以外の道は考えたことすらなかった。

いったんその道を中断してアランの主治医になる道を選んだのも、あくまでもその目標にプラスになると判断したからであって、一時的なものに過ぎないと思っていた。

（でも、このままじゃ一時的なものどころか……ズルズルとどこまでも長引いてしまいかねない……）

それを思うたびにどうしようもなく怖くなる。

今までの自分を全否定するかに思えて、強い自己嫌悪に駆られてしまう。

どうもアランに、医師としての牙を抜かれて懐柔されてしまったかのように思えてならない。

彼のペースに流されっぱなしで、本来の志とは遠くかけ離れている場所にまで流されてしまったかのようだ。

（もう手遅れかもしれないけれど……でも、今ならまだ間に合うかもしれない……）

いい加減自分のペースを取り戻して、元々の目標に立ち返るべきだ。

そう思う一方で、彼との約束の時間をそわそわと待ちきれないもう一人の自分にほとほと呆れてしまう。

何度も鏡でヘアセットやメイクを確かめてみたり、ドレス選びに悩んでみたりと、まるで別人のようだ。

ちなみに、今夜はIラインのブラックのスリット入りのロングドレスにロングパールのネックレスを合わせてみた。

同年代の女性たちに比べると、いささかシックな装いではあるものの、これまで古びた詰襟のドレスを制服のように着ていたマナにとってはそれでも精一杯だった。

とはいえ、アランから贈られたものなので質の良さは折り紙付き。

単品でも十分映えるものだが、マナはいまいちそういったことには疎く、彼からプレゼントされたものというよりも一時的に貸し出されたものという認識でいる。

（……恋は病とは言うけれど……まさかこれほどまでに厄介な病だったなんて……）

治療する側の人間が治療される側に回るなんて本末転倒にも程がある。

しかも、この病には、つける薬や治療法もまるで見当がつかない。まさに不治の病と言っても過言ではない。

「…………」

マナはふと思い立つと、久しぶりに子供たちから送られた手紙を取り出して一枚ずつ読み返していく。

子供たちが一生懸命書いてくれた感謝の手紙は力の源だったはずなのに――

途中で読み返すのがつらくなって中断してしまう。

（……すぐに戻るつもりだったのに）

まだ新米医師の自分を慕ってくれた子供たちに申し訳なく思うと共に、亡き妹との約束を裏切っているような気がしていたたまれなくなる。

毎年墓前で夢の進捗具合を報告しては誓いを新たにしてきたのに――このままでは二ヶ月後

に控えている墓参りでロクな報告ができそうにない。

（やっぱり……これ以上先に進むのはやめたほうがいい……）

マナは苦々しい思いでそう自分に言い聞かせると、彼からプレゼントされたロングピアスを外した。

と、そのときだった。

ドアがノックされてぎくりとする。

ぎこちない声で返事を返すと、ドアが開いて三つ揃えのスーツ姿のアランが中へと入ってきた。

フォーマルのブラックスーツにシルバーのダブルのウエストコート、同色のシルクタイを合わせていて、とてもよく似合っている。

一目彼の姿を目にした瞬間、マナの心身はたちまち熱に浮かされてしまう。

「──さあ、そろそろ行こう。準備はいいかね？」

「……いえ、その」

主治医と患者の域を超えた類の付き合いは毅然と断るべきだ。

そうは思うのに、いざ彼を前にすると言葉が小石となって喉の奥につまり、マナは視線をさまよわせて言葉を濁す。

「具合でもよくないのかね？」

「……それはこちらの台詞です」

「確かに。だが、優秀な主治医のおかげで、私のほうは今までになく体調がよくてね」

「……むぅ」

そんな風に言われると医師冥利に尽きる。

眦《まなじり》を下げたマナに流し目をくれると、アランはからかいを帯びた言葉を付け加えた。

「やはり、毎晩よく眠れるようになったからだろうか？」

「……っ⁉」

明らかに他意を含んだ彼の発言に、マナの目元は朱に染まる。

あの晩以来、ベッドを共にするようになったことを彼が示唆しているのは明らかで——それを思うだけで変な汗が全身から滲《にじ》み出《で》てくる。

「……べ、別に……良質な睡眠をとって処方された薬をきちんと服用すれば病状が改善するのはごくあたりまえのことですから……」

「ああ、そのあたりまえを教えてくれたのは君だ。本当に感謝している」

しみじみと言われると調子がくるう。

マナは複雑な表情で毒づいた。

「――感謝しているなら少しは治療に協力してください。オペラ鑑賞する暇があるくらいなら、一度設備が整った病院で詳しい検査をしてくださいと何度も申し上げているはずですが」

「色気のかけるデートはどうも気乗りがしないものでね」

「……っ⁉」

アランの言葉にマナは息を呑む。

（今、デートって……）

そうではないかとは疑っていたが、こんな風にはっきり口にされるとさすがに面食らってしまう。

「だが、他ならぬ貴女が検査してくれるのであれば悪くない」

頬を包み込まれるように撫でられて、マナは困り果てたように渋面を浮かべる。

「からかわないでください……」

「からかってなどいない。いつだって私は本気だ。貴女が私の一番の『薬』なのだから、内容は二の次だ。それこそ極論を言えば、『検査入院』であっても構わないというだけのこと」

「………………」

真顔で見つめられてこんな風に熱心に言われると、それ以上マナは何も言えなくなってしまう。

（……こんな甘い言葉ばかり……ズルい……勘違いしてしまいそうになる）

否、とっくに勘違いしてしまっている。

そうでなければ、こんなにも胸が高鳴る理由は他に見当たらない。

ただでさえ男性に丁重に扱われるのは不慣れだというのに、彼のような立派な紳士に甘い言葉をひっきりなしに浴びせられてはたまらない。

マナが恨めしく彼を見つめると、アランはドレッサーの上に外して置かれたピアスを手にとった。

それをマナの耳につけると、熱を帯びたまなざしで彼女を射抜く。

「――美しい。とてもよく似合っている」

「…………」

甘い口説きに耐えきれずとうとうマナが顔を背けると、アランは彼女のこめかみにキスをしてから腰に手を回してきた。

結局、今回もまた彼のエスコートに抗いきれず、マナは複雑な思いを持て余しながら、劇場へと向かう他なかった。

※　※　※

ボックス席でオペラを鑑賞した後の幕間《まくあい》で、マナはバーへと誘われた。

本当はあまり目立つような真似はしたくなかったが、ボックス席という閉鎖空間で彼と二人きりだと、また別な種の心配をしなくてはならないため渋々了承したのだ。

公演の初日ともあって、マナの予想どおり劇場内のバーはドレスアップした紳士淑女で賑わっていた。

天井から提げられた大振りのシャンデリアに、臙脂の重厚な絨毯が敷かれていて、皆グラスを片手に談笑に興じている。

だが、中でもアランの存在感は別格に際立っていて、相変わらず周囲からの注目を一身に集めていた。

知り合いも多いらしく、アランが時折周囲に会釈を返すときもあるが、基本的にプライベートの邪魔をしてはならないとの暗黙の了解から、話しかけてくる人がいないのがマナにとっては不幸中の幸いだった。

それでも基本的に華やかな場が苦手なマナにとっては、やはりあまり居心地のよいものではない。

（……別に注目を浴びているのは彼であって私ではないのだけれど）

どうしても周囲からどう見られているのだろうと、気が気ではない。

元々はそんなことを気にするようなタイプではなかったはずだが、同行している相手が相手だけに気疲れしてしまう。

(変に誤解されないといいけれど……)

マナは赤ワインのグラスを回しながら香りを楽しむアランをチラリと盗み見た。

「……どうかしたのかね？」

「いえ……別に」

「何か言いたそうな顔をしていると思ってね」

「……こういう目立つ場所が苦手なだけです。あと、変に邪推するような面倒な人間もいそうですし……」

遠回しに言いたいことを含みを持たせて伝えてみると、アランはいたずらっぽく目を細めてみせた。

「どういう邪推かね？」

「さあ？」

ムッとしらばっくれるマナにアランは笑いをかみ殺す。

「別に他人など放っておけばいい」

「……私は構いません。ですが、困るのは貴方ではありませんか？　少しはご自分が有名人という自覚を持たれたほうがいいかと……」

「いや、私も特に困らない。隠すから人は知りたがる。ならば、隠さなければいい。単純なことだ」

「…………」

堂々とした彼の言い分にマナは閉口する。

確かに――そんな彼だからこそ、自社を一代で世界的なブランドにまで育て上げることができたに違いない。

改革には反発はつきもの。

それを気に留めずに志を通しぬいたからこその今であって、以前のリコール問題の時でもそんな彼の姿勢は見てとれた。

まぶしく思うも、どうしてもつい「それに比べて自分は……」と落ち込んでしまう。

比べること自体がおかしなことなのに、なぜか負けた気になる。

つくづく自分の性格が面倒くさい。

マナが彼に気付かれないように、小さなため息を一つついたそのときだった。

不意に女性の叫び声と周囲のざわめきが耳に飛び込んできて、ハッと我に返る。

見れば、階下にあるロビーに人だかりができていて、その中央にうろたえる婦人と倒れた少年の姿が目に飛び込んできた。

「――っ⁉」

咄嗟にマナはグラスをアランに預けて駆けだした。

そして、脇目もふらず人込みをかいくぐって、倒れた少年の元へと急ぐ。

少年は、手足をこわばらせて白目をむいて全身を痙攣させていた。

それを目にするや否や、マナの使命感は燃え上がる。

「どうかしましたか⁉　私は医師です。何かお力になれますか？」

自分が医師であることを明かして、状況を確認しにかかる。

「……それが子供が急に倒れて。ああ、一体どうしたらっ」

「落ち着いて。私に任せてください」

パニック状態になって少年の身体をゆすり続ける母親に代わると、マナは冷静に少年の口元へと耳を寄せた。

呼吸を確認すると、続いて脈をとって心臓の動きも確認する。

（よかった。心臓のほうも問題ない……）

安堵すると、少年を仰向《あおむ》けにして顎を引き気道を確保した。

「このまま少しすれば落ち着くはずですが……もう少し様子をみさせてください」

「ありがとうございます」

「意識が戻ったら救護室に運びます」

「マナ、何か手伝えることはあるかね？」

（アラン⁉）

思わぬ彼の申し出をありがたく思いながら、マナは口早に伝えた。

「駆けつけてきたスタッフに救護室の手配と状況説明をお願いします――あと、万が一彼の意識が戻らなかったときのための緊急搬送先の病院を探してもらえますか？　いや、意識が戻らずとも念のため」

勢いで頼んでしまうが、そこでようやくマナは我に返る。

医療従事者でもないのに、こんな無茶《むちゃ》振りをしても困らせるだけかもしれない。

ただでさえ痙攣の発作は「専門外」と敬遠する医師も多く、受け入れ先には苦労するに違いない。

不安に駆られるも、アランは「分かった。任せたまえ」とだけ言い残して、人込みの中へと消えていった。

そんな彼の背中をマナはいつも以上に頼もしく見送っていた。

※　※　※

結局、オペラを鑑賞するどころの話ではなくなり、二人がホテルのスイートルームについたのは真夜中を過ぎた頃だった。

マナの予想どおり、少年の意識はすぐに戻ったが、念のためアランが手配した病院に搬送した。

専門医に少年を引き渡すも、マナは少年の無事を見届けてからでないと気が済まず、専門医に少年の痙攣の発作様式や持続時間を詳しく伝えた後もしばらくの間病院に残っていた。

そして、完全に少年の無事を確認し終えてから帰宅の途についたのだ。

「……すみません。こんな遅くまで付き合わせてしまって」

「問題ない。あの少年が無事で何よりだ」

「ええ……本当に……」

しみじみと頷くマナにアランはワインを勧めた。

マナはガラにもなくワインを一気に飲み干すと、ようやく人心地ついたように険しい表情を緩める。

久しぶりに医師としての仕事をやりきったという実感が胸に満ち満ちていて、まだ気分が高揚している。やはり自分は子供を救う医師でありたいのだと、改めて思い知らされたような気がしてならない。

（彼の主治医もやりがいはあるけれど……やっぱり医師として目指すべきは元々の道。一体どうすれば……）

さすがに口に出せず胸の内で独りごちるマナの労をアランが労《ねぎら》う。

「先ほどの貴女は、実に生き生きと輝いて見えた。今までになく」

「そんなことは……医師として当然のことをしたまでのことで……」

「いや、それ以上の思い入れを感じた。何が貴女をこれほどまでに駆り立てるのだろうかと、不思議でならなかった」

珍しく踏み込んでくる彼に驚きながら、マナはその理由を打ち明けた。

「……もう後悔はしたくないから、最善を尽くすと決めているんです。それが『過剰』だと呆れられたとしても。後悔するよりはずっといい……」

「後悔？」

「……ええ」

緊張が解けて気が緩んだせいか、いつもより口が軽くなっていることに気が付くも時すでに遅し。

詳細まで話すつもりはなかったが、どこまでも真剣な彼のまなざしに射抜かれて、しばらくの間押し黙っていたマナはついに折れた。

誰にも話したこともないし、話すつもりもなかった苦い過去だったが、彼にならーーと、ぎこちない言葉が口をついて出てくる。

「……実は、私には妹がいたんです。最初は軽い咳《せき》と熱だけでただの風邪だと思っていて医者には診せず……貧しい家庭だったので診せる余裕もなかったというか。そもそも親があまり子供に関心がなかったというか……」

もう十年以上昔のことなのに、いまだに思い出すのはつらい。

それでもマナは苦々しい口調で言葉を続けた。

「確かにいったん症状は治まったのですが、いきなり高熱がぶり返したかと思いきや……呼吸困難に陥って……なんとかお金をかき集めて医師に診てもらおうとはしたのですが診てもらえず、門前払いでした。他に優先しなければならない特別な患者がいたとかでーー」

「だが、それは本当に優先すべき患者ではなかったと？」

「……恐らく」

険しい表情で頷いてみせたマナの身体をアランは優しく抱きしめた。

「それで医師に？」

「はい……一人でも妹みたいな子供を救えたらと思って。何もできなかった妹への罪滅ぼしみたいなものですが」

「立派な志だ」

アランの感嘆と尊敬の念に満ちた言葉に、マナの胸に熱いものがこみあげてきた。

不覚にも涙で視界が滲み、慌てて顔をあげて斜め上を見るようにして涙がこぼれ落ちそうになるのを必死に我慢する。

（……どうしてこの人はこんなにも……私に寄り添ってくれるのだろう？）

不思議でならないのと同時に、救われたような心地になる。

「……でも、志だけではどうにもならないことだってたくさんあります。先ほどは搬送先を手配していただいて本当に助かりました」

普段ならなかなか出てこないだろう感謝の言葉が今夜は素直に出てきて、マナは自分でも驚きを隠せない。

きっといまだに飲み慣れないワインのせいに違いない。それかさっきまでの緊張が解けて気が緩んだせいか――

どちらにせよ、こういうのもたまには悪くはない。

今までになく胸が軽くなった気がして、照れくさそうにアランへと微笑みかける。

「力になれて何よりだ」

「普通はなかなか搬送先の病院を見つけることすら難しいのですが、さすがに自動車王の依頼はそうそう断れなかったのでしょう。本当に助かりました」

マナにいつもの毒舌が戻り、アランの表情にもようやく安堵の色が広がる。

「何かお礼をしなくては――」

「ならば、早速だが、私の頼みも聞いてくれるかね？」

「ええ、なんでしょう？」

彼のほうから頼み事なんて珍しいと思いながら頷いてみせるマナの耳元にアランは低い声色で囁いてきた。

「――実は、困ったことに、これまでにないほど君を独占したくなってしまった。このタイミングで不謹慎なことは重々承知しているが」

「っ⁉」

（ど、独占……って？　しかもなぜ今っ？）

あまりにも唐突な彼の告白に、マナの心臓は跳ね上がる。

「何をいきなりおかしなことを……そもそもこれまでにないほどって……」

「どうもあの少年に妬《や》いてしまったようだ」

「……またご冗談を」

「冗談ではない。彼と代われるものなら代わりたいとまで思ってしまった。彼がうらやましくすらあった」

「っ⁉」

思わぬ彼の言葉がマナの胸を衝く。

（……そんな……どうしてそこまで……）

地位も権力も兼ね備えた完全無欠の紳士の言葉とは到底思えない。

だが、その言葉にはただならぬ響きと重みがあって言葉を失う。

元々独占欲が強いほうだとはうすうす感じていたが、まさかここまでとは思ってもみなかった。

「子供の頃、どうしても手に入らなかったものは、大人になった今も渇望してしまうものなのだな。貴女のような人がたった一人でも傍にいたなら……少しは自分自身にも関心が持てたかもしれない」

「…………」

自分には妹がいたが、彼にはそういった存在が皆無だったと知って愕然とする。

（……だとしたら、彼がここまで自分に感心がないのも無理もない）

アランの子供時代を思うだけで胸が詰まってやりきれない思いに駆られる。

黙りこくってしまったマナに、アランはすぐにいつもの調子を取り戻すと、苦笑してみせた。

「申し訳ない。こんな話をするつもりはなかったのだが――私もだいぶ酔いが回ってしまったようだ」

「いえ……構いません。お互い様ですし……」

ぎこちなく視線をさまよわせるマナの顎にアランは手を添えると上向かせた。

そして、彼女の目の奥をのぞき込むように見つめて尋ねてきた。

「独占しても構わないかね？」

彼の青灰色の目にはいつも以上に狂暴な光が揺らいでいるような気がして、さすがにマナも返事を躊躇する。

だが、彼がそこまで自分を渇望する理由を知った今、拒絶できるわけがない。

（昔は誰もいなくたって今は違う。それを伝えられたなら……もっと自分を大切にしてくれるようになるかも……）

そう自分に言い聞かせると、恐るおそる彼に頷いてみせる。

「では、遠慮なく独占させてもらうとしよう」

危険な響きを持つ彼の宣言に、マナは狼狽《うろた》えるも時すでに遅し。

アランは不敵な微笑みを浮かべると、彼女が思いもよらなかったことを口にした。

「実は、一度君を診てみたくてね。さすがになかなか言い出せずにいたのだが、今なら決行できそうだ」

「え？」

（私が診るのではなく、彼が診る？　医師でもないのに？）

嫌な予感に眉をひそめたマナの額に口づけると、アランは彼女を椅子へと座らせた。

そして、自身はいったんクロークに移動し、ややあって戻ってくる。

その姿にマナは目を剥いた。

（ええええっ⁉　白衣って⁉　なぜそんなものを⁉　いつの間にっ⁉）

アランはスーツの上着を脱いで、白衣を羽織ってきたのだ。

しかも、重たそうなドクターバッグまで携えている。

混乱するマナも、そこでようやく彼の意図に気が付いた。

（ひょっとして、いつもと逆の立場で私が患者に、彼がドクターにってこと⁉）

「な、何を考えているのですか！　正気ですか⁉」

「いや、恐らく正気ではないのだろうな。貴女のこととなるとどうにも調子がくるう」

（それはこっちの台詞だし！）

心の中でツッコミを入れながらも動揺を隠せない。

（さすがにこれはちょっと……どうしよう……）

しばし迷うも、いったん彼の申し出を了承してしまった以上、いまさらなかったことにするのは気が引ける。

自身の生真面目な性格をいつも以上に面倒くさく思いながら、結局マナは渋々彼の要求を受け入れざるを得ない。

「……一度だけですから」

「ああ、構わない」

アランは頷いてみせると、マナの前に椅子を運んできて腰かけた。

そして、聴診器をつけて向き合う。

始めて目にする彼の凛々しい白衣姿に、マナの胸は不覚にもときめいてしまう。

「では、まず胸を診せてもらおう」

「……はい」

マナは躊躇いながらもゆっくりと襟元から胸元にかけてボタンを外していく。

徐々に露わになっていく首筋や鎖骨、デコルテに、彼の熱を帯びた獰猛な視線を感じて羞恥心が煽られる。

(医師が診察を恥ずかしがるなんて……ありえない……)

両手で胸元を覆い隠したい衝動に駆られるも、そうするほうがかえって恥ずかしい行為にも思えて、マナは彼の目の前に自身の乳房を晒した。

アランはマナの柔肉に聴診器をゆっくりと押し当てていく。

(……本当はもっと手早く機械的に診るものなのに……こんなわざと辱めるように診るなんて……)

胸の内で独りごちるマナだったが、不意に胸の先端に聴診器が押し当てられ、たまらずビクっと全身を震わせてしまう。

「──ただでさえ心音が早かったが、さらに早まったようだ」

乳首もろとも聴診器を柔肉に埋め込んだまま、アランはもう片方の手でドレスの裾をたくしあげていく。

「なっ……」

「下もじっくりと診せてもらおう」

そう言うと、アランは聴診器をいったん外し、バッグの中からとある器具を取り出してみせた。

それを目にした瞬間、マナは驚愕《きようがく》に目を瞠る。

(嘘っ……まさかそんなものまでっ⁉)

アランが手にしていたものは、産婦人科などで主に使用される膣鏡《クスコ》だったのだ。

鳥のくちばしのような形をした部分を閉じた状態で膣内に差し込み、奥まで挿入した後に膣内を拡げて観察する代物。

彼がしようとしていることは明らかで、さすがのマナも慌てふためく。

「……何を考えてっ」

たじろぐマナに構わず、アランは彼女の足をM字に開かせた。

マナは足を必死に閉じようとするも、「何か隠さなければならない病気でもあるのかね?」と揶揄されてムッとする。

「……そんなのありません」

「では、足を広げて見せたまえ」

「で、ですが……さすがにそこまでは……」

なおも躊躇《ためら》う彼女に、アランは挑発的な言葉を投げかけた。

「ただの診察でそんなに恥ずかしがる患者はいないはずだが?」

「……っ⁉」

煽りだと分かっていても、「医師のくせに診察を恥ずかしがっている」と認めることだけは絶対にしたくない。

マナはついカッとなって、「別に……恥ずかしがってなんていませんから！」と気丈に声を荒らげてしまう。

「ならば、素直に診せなさい」

「う……ぅ……」

後悔してももう遅い。

マナは唇をきつく噛みしめて、渋々足をM字に広げる他なかった。

（あああ……こんなこと……ありえない……）

股布《クロッチ》の状態が気がかりでならない。もうかなり濡れてしまっているのは自分でも分かっている。

せめて沁みにはなっていませんようにと祈るも、その可能性は絶望的だった。

「ただの診察のはずなのにこんなにも濡らして。イケナイ患者だ」

「っ⁉」

嗜虐心を色濃く滲ませたアランの指摘に、マナの心身は妖しく疼いてしまう。

（わざと羞恥心を煽るような言葉を選んでいるのだから……意識してはダメ……）

そう頭では分かっていても、どうしても意識してしまう。

「ショーツの沁みがどんどん拡がっているようだが……診られただけで感じているのかね？」

「あ……あぁ、嘘……そんなつもりじゃっ……」

「では、何が原因なのかもっと詳しく調べたほうがいい」

アランはそう言うと、すでに愛液が沁みたショーツのクロッチに指をひっかけて片側へと寄せた。

刹那、堰《せ》き止められていた愛液がとろりと溢《あふ》れ出てきてしまい、蟻《あり》の戸渡りを伝わり落ちて椅子を濡らしていく。

「や、あぁあっ！　駄目っ……見ないでっ！」

「なぜかね？」

「だ、だって……診る必要なんてないのに……」

「貴女にとっては必要でなくとも、私にとっては必要なのだよ。貴女の全てを見たい。独占したい……」

うわごとのように呟くと、アランはいよいよ蜜を滴らせながらひくつく秘所へとクスコをあてがった。

ひやりとした感覚と妖しい興奮とに、マナは身震いする。

（ああ、彼に全部見られてしまう……誰にも見られたことのないところまで……）

まだ産婦人科すら受診したことがないというのに、医師でもなく自分の患者にこんな辱めを受けるとは思いもよらなかった。

にもかかわらず、なぜこんなにも昂ってしまうのだろう？

マナが戸惑う間にも、膣口へ膣鏡が挿入されてしまう。

「っあ、あ、あぁ……」

ペニスとは異なる異物感に思わずいきんでしまって器具が抜けそうになるも、アランはより深くクスコを差し込み直して膣壁を押し拡げた。

「くっ……うぅ……」

マナは目を閉じて唇をきつく噛みしめると、耐え難い羞恥に顔を背ける。

だが、そんな彼女へとアランの言葉責めが追い打ちをかける。

「ああ、きれいだ。一番奥まで全部見える。これが子宮口か……肉付きのいい唇をとがらせているようで思った以上に可愛らしい」

「やっ……あ、あぁ……お願いだからそんなところまで見ないで……」

「そう言うわりには、もっと見てほしいと言わんばかりに涎《よだれ》を滴らせながら拗《す》ねているようにも見える」

「いやぁっ……もう言わないでっ！」

たまらず、マナは耳を塞いで首を左右に振り立てる。

自分ですら見たことのない場所、誰にも見られたことのない場所を、他ならぬ彼に見られてしまっているのだと否が応にも意識させられ、気がふれてしまいそうになる。

そんなマナの痴態に、アランは熱いため息をついた。

「本当はもっとじっくり虐めてから独占しようと思っていたのだが、これでは私のほうが我慢できそうにない……」

呻くように呟くと、いったん身体を起こしてベルトを外す。

そして、すでに雄々しく猛った肉槍を取りだしたかと思うと、秘所に挿入《い》れたクスコを引き抜いて床へと投げ捨てた。

もうこれ以上、恥ずかしい場所を見られずとも済みそうだと胸を撫でおろすマナだったが、息をつく間もなく今度は熱くて太い塊が膣内へとぬっと押し挿入《い》ってくる。

「ンっ！　ンンンぅううう!?」

マナは椅子の上でくぐもった声を洩らして息を詰める。

（あ……あ、あぁ……何これ……いつもと……なんだか違う……）

器具で押し拡げた後にもかかわらず、いつも以上の拡張感に慄く。

彼の怒張がいつもより太くなっているせいか、もしくはいつもより締め付けがきつくなっているせいか。

もしかしたらその両方かもしれない。

マナは破瓜の痛みを思い出しつつ、今まで感じたことのない類の新たな興奮に熱く乱れた息を弾ませる。

「いつもよりきつい……もしかしたらとは思っていたが、やはりこんな風に責められるのも好きかね？」

「……好きなんかじゃ……なっ……」

「嘘はよくない。こんなに絡みついてきてきつく締め付けておきながら白々しい。もっと素直になればいいものを」

アランはマナの腰をより深く抱え込んだかと思うと、自重をかけて亀頭を子宮口にめりこませた。

のみならず、腰をゆっくりとグラインドさせてさらなる揺すぶりをかけてくる。

「うっ、く……や、あ、あぁああ！　お、奥……そんなに押し付けたら……壊れてしまいそう……」

腰を引いて肉槍から逃れようとするマナだが、その逼迫した声色は明らかな艶を帯びていた。

それに気づいたアランは不敵な笑みを浮かべて目を細める。

「むしろ壊してしまいたいくらいだ」

「――っ⁉」

アランらしくもない激しい言葉に、マナの被虐心はよりいっそう熱く淫らに燃え上がってしまう。

（こんなにも彼が私を独占したがっていたなんて……知らなかった……）

いつものように焦らす余裕すらなく、最初から猛然と奥を突いてくる彼がいとおしくてならない。

彼になら壊されてもいい。

そんな危険な考えすら胸をよぎる。

「あっ！　あ、あぁっ！　あああぁ！」

アランの力強くくるおしい抽送に合わせて、マナの喉の奥から引き攣れた声が絞り出されていく。

その感極まった声色に触発されて、アランのピストンはよりがむしゃらなものへと転じて速度を増していく。

硬くて熱い肉槍が子宮口を穿ってくるたびに、マナは顔をくしゃくしゃにしてよがりながらいきんでしまう。

蜜壺がぬるりと濡れた肉棒を追い出しにかかるも、アランはさらなる力を込めて再度最奥を穿ち続ける。

リズミカルな濡れた音と乾いた音と椅子の軋む音とが混ざり合い、クライマックスめざしてテンポを速めていく。

「あ、んっ！　ンンンッ！　や、ま、またっ⁉　あ、あぁ……だ、だめっ……激し、すぎて……」

アランの鋭い腰つきに、マナは何度も達してしまう。

だが、彼のほうは一向に果てるそぶりを見せない。

荒々しい抽送は衰えるどころか、かえって激しさを増すばかりで、マナは息も絶え絶えになってしまう。

（嘘でしょ⁉　まだ続く……の⁉）

アランの精力に慄きながらも、どんどんと絶頂を迎える間隔は狭まっていく。

「やっ……あぁあ！　ま、またっ……ンン！　あぁあああっ！」

「何度でもイっていい」

「そんな……も……頭……おか……しくな……ってっ……ん、あぁあっ！　ワケが分からなく……な……」

「構わない。存分にくるいなさい」

髪を振り乱して切羽詰まったマナの頭をいとおしげに撫でたかと思うと、再びアランはさらなる力を込めて腰をがむしゃらに打ち付ける。

子宮口をこれでもかというほど力任せに抉られ続け、その振動が脳にまで伝わってきてマナは半狂乱になる。

「っ⁉　あ、あぁっ！　だ、ダメっ！　これ以上はっ！　あ、あ、あぁああ、も、もう、もうもうっ！　いやあぁあああ！」

肥大し続けてきた愉悦のしこりがついに脳内で爆ぜた。

もはや何も考えていられない。

マナは鋭い嬌声と共に、一気に昇り詰めてしまった。

刹那、アランは半身を引き抜く。

熱い精汁が、凄まじい絶頂にのたうつマナの腹部へとまき散らされた。

「……あ……あ……ぁ……」

大きく目を見開いたマナは四肢を痙攣させたまま脱力して放心する。

そんな彼女をアランはきつく抱きしめたかと思うと、その耳元で呻くような声を振り絞った。

「――ああ、とても正気ではいられない」

思わぬ彼の行動に意表を突かれて、マナは朦朧とするなか彼の広い背中へと手をまわして優しく撫でた。

彼の背中がかすかに震えていることに気付くや否や、胸に熱いものがこみあげてきて、マナも彼の身体をぎゅっと抱きしめ返す。

すると、アランはマナの胸元に顔を埋めて長いため息をついた。

マナは黙ったままアランの頭を優しく撫で続ける。

「――すまない」

「いいえ」

「だが、もう少しこのままでいてくれるかね？」

マナが頷いてみせると、アランは静かに目を閉じた。

険しく思いつめた表情が和らいで、それを目にしたマナの顔にも諦めにも似た微笑みが浮かぶ。

（……こんな彼を放っておけるはずがない……私が少しでも彼の薬になれたなら……）

そんな風に素直に思えて驚くも、その一方ではやはり医師としての志も諦めることはできない。

相反する葛藤はよりいっそう強まるばかりで、マナは途方に暮れてしまう。

ややあって、ようやくアランが顔と身体とを起こした。

そして、マナのこめかみにキスをすると、その耳元にいたずらっぽく囁いてきた。

「……一度だけと言ったが、癖になってしまいそうだ」

「っ⁉　そ、そんな！　それでは話が違います！」

「嫌かね？」

「…………」

すぐに即答できない自分が忌々しい。

マナは頬を膨らませると、「……そんなの知りません！」と半ばヤケ気味に声を荒らげてしまう。

だが、同時にいつもの調子を取り戻した彼に安堵してもいた。

アランは目を吊り上げたマナを窘《たしな》めるように頭の上に手をのせて撫でてきた。

「…………」

ごまかされてなるものかとマナは彼をきつく見据えてから顔を背ける。

だが、彼の手を払いのけようとはしない。

「さあ、もう遅い。疲れているだろう？　汗を流して寝るとしよう」

そう言うと、アランはマナの身体を軽々と抱き上げて浴室へと移動していく。

「おろしてください！　自分で歩けますから。それに早く寝るというなら、個別にシャワーを浴びたほうがよほど合理的ですから！」

「確かに——だが、合理的であることが必ずしもよいことは限らない」

アランはマナの訴えを含蓄ある言葉で揶揄しながら一蹴する。

「…………」

彼のいつものあきらかに別な意味を持たせた言葉に返す言葉が見つからず、結局マナはいつものように彼に言いくるめられてしまいそうになる。

悔しいが、元々一回りも年が離れている上に、まだ駆け出しの医師が大企業を束ねるトップに敵《かな》うはずもない。

どうやら今夜もそう早くは眠れなさそうだ。

半ば諦めにも似た面持ちでため息をつくマナだったが、その胸はずっと妖しく掻き乱されたままだった。

第五章

「――参りましたね。さすがにここまで騒ぎが大きくなってくると」

レーヌが新聞を眺めつつ深いため息をつく前で、マナは力なくうなだれていた。

机に上に並べられた新聞には、そのどれにもアランとマナのスキャンダルが報じられている。

ただでさえ少し前に大規模なリコール問題で世間の風当たりが強まっていたこともあって、恰好のネタとばかりにマスコミはロックフォード社社長とその主治医のスキャンダルをここぞとばかりに誇張して書きたてていた。

だが、そのほとんどはうがったものの見方と悪意に彩られたものであって、事実無根のことばかり。

その概要は、自動車産業を独占する悪魔の派手な女性遍歴――新たに雇った主治医にまで手を出して社の経費を湯水のように使いまくり脱税隠しをしているなどといったもので、少し思慮深い人間なら誰もが一笑に付すような粗末な内容だった。

だが、こういったくだらないゴシップを信じ込む浅はかな人間も想像以上に多い。

そして、得てしていつしか作られた嘘は真実として独り歩きをするもの。

現に、レーヌの話からすれば、すでに何度か臨時の株主総会が開かれ、アランの社長解任を求める動きも出ているらしい。

記事の内容そのものよりも、いかに彼の敵が多いか改めて思い知らされたマナは、さすがにショックを隠せずにいる。

「……本当に申し訳ありません」

「いえ、ドクターが謝る必要はありません。どう考えても悪いのは彼でしょうから。私も自重するように何度か忠言はしたのですが、何せあの性分ですから困ったものです。どんなに騒がれても騒ぎたい人間は騒がしておけばいいと……」

「……どちらか一方だけが悪いなんてことはありません。私にも責任があります」

思い詰めた様子できっぱりと言い切ったマナにレーヌは同情する。

「ですが、事前にこういったくだらないゴシップが世間に流出するのを防ぐとか、名誉棄損なので相手を訴えるなど、本来彼がとるべき対処法はいくらでもあるのです。それをまるで相手にしないから、『悪魔』だのなんだのひどい呼ばれようで叩かれるのです。今に始まったことではありませんが」

「それが彼なので、仕方ないことかと――」

「そのとおり。貴女が彼の良き理解者でいてくださって、本当に感謝しています」

レーヌに頭を下げられるも、マナは顔をしかめてツンと言い放つ。

「……別に。患者を理解するのは、医師として当然のことですから」

この期に及んで白々しいとは思うものの、いまだに建前にすがってしまう自分に嫌気が差す。

もうただの患者と医師以上の関係であるのは、自他共に明白だというのに。

「まあ、それでも、製品価格を従来ではありえないほど引き下げ、社員の賃金を同じくありえないほど上げたときの騒ぎに比べればたいした騒ぎでもありません。もう一〇年以上も前の話になりますが」

「顧客や従業員にとっては良い改革では？」

「ええ、ですが、同業他社にはひどく恨まれました。実際に多くの会社を潰してしまいましたし」

「……なるほど」

「それでも『改革には痛みを伴うもの』だと、社長が毅然と自分の決めた道を貫いた結果、今があるのです」

淡々と語るレーヌだが、それがどれだけ険しい道だったか――

想像するだけで胸が締め付けられて、マナは息苦しさを覚える。

そういった一面をほとんど垣間見せる《かいま》こともない彼だが、心身には如実にそれら長年のダメージの蓄積が見てとれる。

どれだけ長い間、凄まじいストレスにさらされてきたことか――

常人であればとっくに死んでいてもおかしくはない。

ストレスを軽んじる人間がまだまだ多いが、ストレスは万病の毒であり、人を簡単に殺してしまうほどの力を持っているというのがマナの自論だった。

「……本当に……呆れるくらい強い人ですね」

「ええ、呆れてしまいます。ですが、だからこそ放っておけない」

「……分かります」

二人のしみじみとしたため息が重なり合う。

秘書と主治医、立場は違えど思いは同じ。相通じるところも多い。

今まで自分一人でアランとの関係を思い悩んでいたマナだが、ほんの少し肩の荷が軽くなったような気になる。

限りなく後ろ向きだった気持ちが、ようやく少しだけ前向きになる。

「とりあえず――この事態を収拾するために、私にできることがあればなんでもさせてください」

「ご協力いただけるとありがたい。ここまで騒ぎが大きくなってしまったからには、なんとか落としどころを見つけたいところです」

「……………」

レーヌの言わんとすることは分かる。

現状の彼とのグレーな関係をはっきりとしたものにして、要は周囲が憶測する余地をなくせばいいと言いたいのだろう。

（でも、白黒つけるということは……）

極力考えまいとしてきたことと、真正面から向き合う必要がある。

彼との仲を認めてしまえば、主治医としての域を超えて、一人の女としてその先を考えねばならなくなる。

医師として元々志していた道には、そう簡単に戻ることはできなくなってしまうに違いない。

（……ちょっと前までなんでも白黒つけなくては気が済まなかったのに……いざ自分のこととなるとこんなにも臆病になるだなんて……）

表情を曇らせたマナに気付いたレーヌはすかさず彼女をフォローした。

「ですが、どうかあまり思いつめないでください。いずれで構いません。焦るとロクなことになりませんから。慎重に検討していただければ。こちらでもできる範囲でのことはしますので」

「……はい。ありがとうございます」

レーヌの思いやりをありがたく思うも、本当は早いに越したことはないはず。

それが分かるからこそ辛い。

（……私は……どうすればいいんだろう？　そもそも……彼はどうしたいのだろう？）

ずっと自問してきたが、いまだに答えは得られそうにもない。

焦燥感に駆られながら、マナは秘書室を後にし自室へと戻っていった。

※　※　※

「――だいぶ安定してきたようで何よりです」

いつものように夜の診察を手早く終えると、マナは努めて感情を込めない声で事務的にアランへと告げた。

今夜こそは絶対に彼に流されてなるものかと、昼間のレーヌとのやりとりを思い返しながら胸に誓う。

これからのことをじっくり腰を据えて考えるためにも、まずはこの厄介な病の諸症状を落ち着かせて冷静さを取り戻す必要がある。

そのためにも彼との距離をこれ以上縮めてはならない。

いったん距離をとる必要がある。

「薬がよく効いているおかげだろう」

はだけたシャツのボタンを閉めようともせず、アランは意味深な言葉を口にし、蠱惑的《こわくてき》な微笑みを浮かべてマナを見つめてくる。

その色っぽいまなざしに一瞬眩暈を覚えるも、マナは視線を逸らしてかわした。

「よく効く薬も量を間違えれば毒になりますから程々にと、何度も申し上げているはずですが？」

「相変わらずつれない」

アランは肩を竦めてみせると、不意に真顔になった。

「むしろ、私のことよりも貴女のほうが心配だ」

「――え？」

「あまり顔色がよくない。負担をかけていないといいのだが――」

彼が遠回しに自分を気遣ってくれているのが言葉の端々から伝わってきて、マナのこわばっていた表情が緩む。

「……少し寝不足なだけです」

「ああ――それは私のせいか。申し訳ない。控えめにしておこうとは思うのだが……なかなか難しくてね」

「……っ⁉　そういう意味ではっ！」

「分かっている」

「…………」

軽妙な言葉とは裏腹に、アランのいつになく神妙な面持ちにマナは息を呑む。

「こういった類のくだらない騒ぎに私は慣れているが貴女は違う。巻き込んでしまって申し訳ない。レーヌにも釘《くぎ》を刺された」

何と言葉を返したものか分からず、マナは唇を噛みしめる。

ただ沈黙したままも気まずくて、ぶっきらぼうに答えた。

「……私のことよりご自分のことを心配してください」

「それができたら苦労はしない。できないからこそ、お抱え主治医を雇う必要があったのだよ」

「……まあ……それはそうですけど……」

互いに苦笑し合ってようやくぎこちない空気が緩む。

だが、このタイミングならば、なんとか彼に少し距離をとりたい旨を伝えることができそうだ。

マナは意を決すると冗談めかして言った。

「とりあえず、たまにはゆっくり寝かせてください……今は互いに休息が必要かと思われます し……」

「……仕方ない」

あからさまに渋々と頷いてみせたアランにマナは笑いを誘われる。

いつもは立ち居振る舞いも洗練された大人の男性なのに、時折、子供のように感じられる瞬間に胸がときめいてしまう。

だが、そんなあたたかな雰囲気が、続く彼の言葉に一転して妖しいものへと転じる。

「では、私が寝かしつけてあげよう」

「っ⁉」

（……そう来るとは）

せっかく夜を共に過ごすのを控えようという申し出を受け入れてもらえたと思いきや、まさかの切り返しにマナはひきつった笑いを浮かべる。

「い、いえ、結構です……」

「遠慮しなくともいい」

そう言うと、アランは早速マナの身体を抱きかかえてベッドへと運んでいく。

「おろしてください！　私は一人で寝られますから！　お構いなく！　むしろご自分の心配だけなさってください！」

腕の中で抵抗するマナに一向に構わず、彼女をベッドに優しく下ろした。

そして、靴を脱がすと、マナの足の甲に恭しくキスをして、そのまま指へとエロティックに舌を這わせていく。

なしくずし的に自分を寝付かせにかかるアランにマナはなおも抵抗を諦めない。

「っ……ン……やっ……だ、ダメです……まだ……お風呂もまだ……なのに……」

「明日の朝、ゆっくり入ればいい。デイビスに言っておく。今はただよく眠ることだけ考えなさい」

優しくはあるけれど、こんな風に反論の余地のない口調で命令されると従わずにはいられなくなる。

「……あ……あぁ、んんっ」

濡れた舌が足の指の間をくすぐってきて、マナはたまらず口元を両手で覆って、つややかな声が洩れ出てきてしまうのを必死に堪える。

だが、身体の隅々まで、すでに彼には敏感な箇所を知り尽くされている。

たちまち息が乱れ、心身が火照ってしまう。

やがて、アランの舌はくるぶしへと移動し、そこからすねやふくらはぎ、膝裏へとじりじりと這いあがってくる。

「んっ⁉　やっ……あ、あぁあっ！」

膝裏を舐められた瞬間、一際強い快感が走り抜けて、マナは肢体をしならせた。

（……こんなところまで……感じてしまうなんて……）

以前までの自分では到底考えられない。

彼によって女としての感覚が研ぎ澄まされていったのは確実で、それをこうしたふとした瞬間に思い知らされる度に妖しい心地に駆られてしまう。

アランは、マナの膝裏を存分に責めてから、ようやく太腿へと舌を這わせ、そのまま内腿を舐めあげていった。

じりじりと焦らしてから、ついに足の付け根へと到達する。

「――っ⁉」

マナはクッと喉元を反らしてのけぞった。

刹那、ショーツを片側へとずらされ、濡れた花弁が露わにされる。

すでにしとどに濡れて蒸れた秘所へと、アランは直に口づけた。

「あぁぁあっ！」

鋭い悦楽の奔流が身体の中心を走り抜けて、マナは甘い嬌声をあげていきむ。

息をつく間もなく、舌先が秘芯をとらえて力強く弾いてくる。

「……やめ……っ！　ンンっ！　あ、あぁっ！　ま、またっ！　ンンンッ！」

マナは彼の頭を両手で押さえて遠ざけようとするも、ひっきりなしに襲い掛かってくる快感に骨抜きにされてまったく力が入らない。

アランは顔を左右にゆっくりと振りながら秘芯を嬲《なぶ》ったかと思うと、いきなり淫らな音をたてて愛蜜を吸い上げる。

「や、あぁあああっ！」

エクスタシーの高波にマナは呑みこまれ、全身を震わせながら絶頂を迎えた。

同時に秘所から大量の愛液が外へと絞りだされる。

「もうこんなに溢れてきた」

「……あ、あ……そん……な……」

「たっぷりイキたまえ」

アランは肉芽を執拗なまでに舌で弾きつつ、時折甘く吸い上げては、指のピストンを早めていく。

「ひっ⁉　あ、あぁっ！　やぁっ！」

感度の塊を虐められつつ、奥も弱いところばかりを果敢に攻められ、マナはベッドの上でくるおしげにのたうつ。

すでにまとめ髪も解け、乱れた髪がベッド上に広がっている。

（ああ……駄目こんなの……抗えるわけがない……）

数えきれないほど絶頂を迎えて意識が朦朧となったマナは、もはや何本指が挿入されているかすらも分からない。

にもかかわらず、アランは感度を凝縮した陰核を執拗なまでに吸いたてては舌でなぶりつづけ、指での抽送を加速させていく。

「やぁあああっ！　も、もうっ……だ、め……あぁ、イ……キすぎ……て……おかしくっ。あぁあああ！　いやいやいやぁあああぁっ！」

マナは引き攣れ切った声をあげて、もう何度目になるかしれない絶頂を迎えた。

ぐったりとベッドに身を沈め、乱れきった息に胸を上下させる。

あまりにもイキすぎたせいか、視界がかすみ意識が遠のいていく。

「これでゆっくり眠れるだろう」

「…………」

返事をする余裕ばかりでなく頷いてみせる余裕すら、もはやマナには残されていなかった。

陶然としたしどけない表情のまま、マナは静かに目を閉じた。

思考が完全に停止し、今はもう何も考えられない。

この一点の曇りも悩みもない真っ白な世界にいつまでもいられたらいいのに——

そう願いながら、マナは深い眠りの底へと沈んでいった。

※　※　※

マナが眠りに落ちたのを見て、アランはようやく身体を起こした。

あられもない彼女の痴態に雄の衝動が荒ぶるも、鉄の意志でなんとか抑え込んで、衣服の乱れを整えてから布団をかけてやる。

彼女が自分との関係や今後のキャリアについて思い悩んでいることは折に触れて感じていたし、無論その原因が自分にあることも承知していた。

加えて、レーヌにも幾度となく鋭く釘を刺されている。

にもかかわらず、どうすれば彼女を独占できるのだろうか？　そんなことばかり考えてしまう。

さっきみたいに少しでも彼女が自分と距離をとろうとする素振りを見せるたび、絶対にそうさせてなるものかと強引に距離を詰めてしまう。

従来悩まされてきた病は落ち着いてきたものの、一方で別な病にかかってしまったようだ。

しかもその病気の治療法は、こうと決まったものはなく千差万別で——

だからこそ、どうしたものかと考えあぐねている。

（……まったく……ビジネスのほうがよほど単純だ……たった一人の女性を独占するのがこれほど難しいことだとは……）

今まで欲しいものはどんなものでも手に入れてきたが、今回ばかりはさすがにそう簡単にはいきそうもない。

マナは賢く志の高い女性だからこそ、たった一人の男に独占されることを良しとはしないだろう。

オペラ鑑賞の際にも、彼女が献身的に少年を診ている姿を目の当たりにして、なおさらその不安は強まる一方だった。

だからこそ、自分でも信じがたいほどの嫉妬に駆られて、いびつなやり方で彼女を独占してしまった。

彼女の献身は自分一人に捧げられるものではない。

それをまざまざと思い知らされた瞬間、たとえようのない黒い感情が湧き起こり、いまだに胸にくすぶったままでいる。

「それでも——やはりどんな手段を使っても貴女を独占したいと願ってしまうのは愚かだろうか？」

アランはベッドの端に腰かけたまま、安らかな寝息を立てているマナの頬に手を当てて尋ねた。

彼女が寝入っているのは分かっているし答えも期待していないが、尋ねずにはいられなかった。

アランはマナのこめかみにキスをすると、サイドテーブルの灯《あか》りを消して、彼女を起こさないように細心の注意を払って部屋を後にした。

※　※　※

朝になってマナが目覚めると、すでに彼の姿はそこになかった。

「…………」

いつもなら彼の寝顔がすぐそこにあって――低く甘い声で「おはよう」と囁かれる。

それがいつの間にか当たり前になっていて、それがないと逆に違和感を覚え、寂しいとすら思ってしまう自分にマナはいまさらのように気付かされてしまう。

彼はどうしたのだろう?

自室に戻って一人で寝たのだろうか?

きちんと眠れていればいいが、監督者がいないのをいいことにここぞとばかりに徹夜で仕事をしていたりはしないだろうか?

自分から距離をとろうとしたくせに、いざとなるとたかが一晩ベッドを共にしなかったくらいで、こんなにも頭の中が彼のことだけでいっぱいになってしまうなんて……。

「つくづく病気だわ……」

マナがベッドから身体を起こしてため息交じりに独りごちたそのときだった。

不意に控えめなノックの音が聞こえてきた。

返事をすると、デイビスが姿を見せた。

「おはようございます。そろそろお目覚めの頃かと思いまして――」

「ええ……もうこんな時間でしたか。寝すぎてしまったようで……申し訳ありません」

置時計にちらりと目をやってマナは驚く。

いつもの起床は七時なのに、もはや時計の針は九時を指していたのだ。

朝食は食堂で八時からと決まっている。大遅刻にも程があるとうなだれる。

「旦那様は、『お疲れのようなのでゆっくり休んでほしい』と仰せでした。すぐに湯浴《ゆあ》みの準備をいたします」

「……いえ、シャワーで十分ですから」

「いいえ、旦那様のご命令ですので」

主の命令は絶対とばかりに譲ろうとしない老執事にマナは折れた。

せっかくだから彼の厚意に甘えてみよう……。

そんな風に考えられるようになった自分に驚きながら——

「湯浴みの後、朝食をお部屋にお持ちします」

「ありがとうございます。でも、朝の診察がまだ……」

「昼食後で構わないとの仰せです。本日からアラン様は休暇をとられるとのことで昼すぎまでご在宅ですので。ご安心くださいませ」

「えっ⁉」

（そんな……休暇だなんて。何も聞いてないのに……どうして突然……）

戸惑うマナだが、一方のデイビスは珍しくどこか浮足だった様子で微笑んでいる。

「まとまった休暇など本当にいつぶりでしょう。学生以来、初めてかと」

「……っ⁉　そんなに働きどおしだったのですか？」

「ええ、本当に先生のおかげで、アラン様は随分と変わられました。感謝いたします」

「いえ」

いつも物静かで言葉少ななデイビスが珍しいこともあるものだと、マナは驚きながら耳を傾ける。

デイビスは遠い目をして、しみじみと独り言のように言葉を続けた。

「本当に……お父様の代からお仕えしておりますが見違えるようです。目に見えて生き生きとしてらっしゃる。こんな旦那様を見られる日が来るとは。長生きはするものですね」

感慨に耽っている彼に、マナは常々気がかりだったことを恐るおそる尋ねてみた。

「……あの……彼のご家族は今は？」

「お父様は二十年前に心臓発作でお亡くなりに。奥様はどうも離婚と再婚を繰り返していらっしゃるようですが、もはや絶縁したも同然で連絡もとっておりませんのではっきりとは分かりかねます」

「……そう……ですか」

今の説明を聞いただけでも、アランの過去が思った以上に波乱万丈であったことは容易に想像がつく。

「実は私も親とは絶縁していて……さぞかし彼は苦労してきたのでしょうね」

「ええ、それはもう……とても複雑なご家庭でしたから……顔を合わせることすらほとんどなかったかと……」

「……ご兄弟は？」

「いらっしゃいません。お父様は正式な後継者は一人だけで十分だという考えの持ち主でいらっしゃいましたので……もっとも認知されていないご兄弟姉妹の数は把握はできませんけれど……」

「………」

重々しい彼の口調は、アランがいかに険しい道のりを歩んできたかを無言のうちに物語っていて、マナはやりきれない思いに駆られる。

彼が異様なまでに自分のことだけには関心がないこと。

時折見せてくるこわいくらいの独占欲。

それら全ての大本の原因は、機能不全のいびつな家族にあったのだと確信を得る。

（彼も私と同じ……いや、それ以上……私には妹がいたけれど、彼には誰一人……）

親の無関心は子供の心を抉り、深い傷を残すもの。

物心ついた頃から痛いほど思い知らされてきたこそ、彼がいかにつらい思いをしてきたかが身に沁みて分かる。

妹は自分にとって唯一の救いであって逃げ道でもあった。

もしも妹がいなかったら――と、考えるだけで絶望が押し寄せてくる。

（子供に毒でしかない親なんていないほうがマシなくらい……本当に腹が立つ。自分が大人になりきれていないくせに、子供なんてもうけなければよいのに……）

自分とアランの親を重ね合わせて、マナは憤る。

奨学金で大学に通うようになってから彼らとは一切の連絡をとっていないが、もっと早くに見切りをつけておけばよかったと何度思ったか知れない。

久々に古傷がじくじくと痛み出し、黒々とした感情に胸を掻き乱されて、マナは顔をしかめる。

居ても立ってもいられなくなり、マナは寝起きのままであるにもかかわらず、廊下の外へと飛び出していった。

※　※　※

ノックもせずにアランの部屋のドアを開くと、ソファに腰かけて分厚い書類に目を通している彼の姿が、マナの目に飛び込んでくる。

「マナ？　一体どうしたのかね？　そんなに急いで」

「……いえ、そ、そのっ」

まさかデイビスから彼の過去を聞き出して、その勢いだけでやってきたとは言えず、マナは口ごもる。

いきなり重い話を切りだされても彼も困るだろうしと、咄嗟に「いきなり休暇をとると聴いたものですから……驚いて……」と、ぎこちなく別な言い訳を口にした。

そこでようやく自分が寝起きのままのひどい恰好で彼の部屋に突入したことに気が付いて、慌てて髪を撫でつける。

「たまには悪くないと思ってね。急遽《きゅうきょ》思い立ったのだよ。レーヌからも君からも何度も休暇をとるようにと言われ続けてきたことだし」

「……ですが、さすがに急すぎでは……スケジュールは大丈夫なのですか⁉」

「その辺りの調整は優秀な秘書に任せてある。朝食のときに話をしたが、嬉々《きき》として快諾してくれた。そもそも連絡さえつけば仕事には支障がないそうだ。むしろ、このタイミングでの休暇は望ましいとすら言っていた」

「……な、なるほど」

レーヌの気持ちは手にとるように分かる。

リコールを始めとするもろもろの騒ぎが大きくなってしまった以上、いったんマスコミの前から姿を消して騒ぎが収まるのを待ったほうがいいというのだろう。

でも、それでは休暇とは言っても、仕事をする場所を変えるだけで忙しいのは変わらなさそうだ。

それでも、まったく休暇をとってこなかった彼にとっては大きな進歩といえるだろう。それはデイビスの柄にもない浮かれようからも明らかだった。

「まあ……場所を変えるだけでもよい気晴らしにはなりそうですしね」

「ああ、アルザスの別荘で過ごそうと思ってね。売却を検討していたのだが、価格が価格なだけになかなか買い手がつかなかったのがかえってよかった」

「……はあ」

アルザスといえば、バカンスで人気の避暑地。

にもかかわらず、買い手がなかなかつかない別荘となれば相当な豪邸に違いない。

(きっと良い休暇になるはず……しばらくは会えなくなるだろうけど……腰を据えて今後のこ

とを考えるにはかえってそのほうがいいのかも……）

たった一晩彼と離れただけでも頭の中が彼のことでいっぱいになってしまったことを考えると、禁断症状は相当きついものになりそうだ。

だとしても、いつもついつい彼のペースに流されてしまうこともあり、いっそ思い切って物理的に距離をとったほうがいいのかもしれない。

（……最近は症状も落ち着いてきているし、定期的に電話をかけて診察も投薬管理をすればさほど問題もなさそうだし……いざというときの受け入れ先も用意しておけばバカンスに支障はないはず……）

ブツブツと呟きながら考えを巡らせるマナにアランは尋ねた。

「ところで、アルザスには行ったことはあるかね？」

「いえ？」

「興味は？」

「あまり」

そっけないマナの返事にアランは肩を竦めてみせた。

「相変わらずつれない。できれば、貴女にも一緒に来てほしいのだが？」

「――っ⁉」

苦笑しながら流し目をよこしてきた彼に、マナは言葉を失い目を瞠る。

「……え？　わ、私も……ですか？」

「そんなに驚くことかね？」

「ええ……だ、だって……せっかくのバカンスに……お邪魔では？」

「邪魔なんてもっての他だ。一人は退屈だし、たまにはじっくりと腰を据えて語らうのも悪くない」

アランのどこまでも真剣なまなざしに、マナは気圧されてしまう。

「……他に同行者は？」

「バカンス先の使用人の管理を任せるデイビスだけだ。完全にプライベートのつもりでいる」

（……もしかして……私のために休暇を？）

その可能性に思い至るや否や、マナは耳まで真っ赤になって唇を引き結ぶ。

（いやいやいや！　休暇の間でも体調管理は必要だし……主治医も同行させたほうがいいというだけのことであって……）

いまだに言い訳がましい考えが後から後から湧き出てきて、自分でも呆れてしまう。

バカンスは、基本的に特別な相手と過ごすもの。

主治医としてのみ同行するのであれば、それはデイビスと同じ立場であって、こんな誘い方はしないだろう。

そう頭では分かっていても、どうしても認めることができない。

(私が彼の特別だなんて……)

おこがましいとは思うも、その考えを否定する材料が見つからない。

むしろ、その逆の根拠ばかりが思い当たってしまって変な動悸までする。

アランはメガネを外して書類をテーブルに置くと、椅子から立ち上がった。

そして身をかがめてマナと視線を合わせると、その大きな手で頬を包み込むようにしてもう一度彼女へと尋ねてきた。

「マナ、一緒に来てくれるかね?」

「…………」

マナは返事を躊躇して固まってしまう。

(……どうしよう……バカンスを彼と二人きりでなんて……)

いったんなんとか距離をとらねばと思っていた矢先のまさかの不意打ちに混乱する。

沈黙したまま戸惑うマナを、思いつめたようなアランのまなざしが射抜く。

(ああ……駄目。こんな目で見つめられてしまうと……)

彼の期待に応えたいという思いが募り、気が付けばマナは視線をさまよわせながらも頷いていた。

刹那、アランの表情に安堵の色が広がる。

(ズルい。こんな表情をされたら……断れるはずがない……)

渋面を浮かべるマナを見つめる彼の目に、不意にいたずらっぽい光が宿った。

「随分と昨日はよく眠れたようだし、今夜は少し夜更かししても大丈夫そうかね? クルーザーでアルザスに移動中になるとは思うが――」

「……っ⁉」

すぐさま彼の言わんとすることを察したマナの目元に朱が散らばる。

「……駄目です! 少しで済むとは思えませんし」

「確かに。まあ仮に何かあっても優秀な主治医がいるから心強い」

「ですから、何かあってもらっては困ります! 縁起でもない!」

ムキになるマナにアランは笑いを噛みころす。

それが悔しくて、マナは肩をいからせて踵を返すと足早に彼の部屋を出ていく。

相変わらず彼の言動はつかみどころがなくて――翻弄されてしまう。

どれだけ抗おうと思っても抗いきれない自分がもどかしい。

だが、その一方で、これまでにないほど胸が高鳴らせているもう一人の自分がうらめしい。

（一体どうしたらいいんだろう？　距離をとらねばと思えば思うほど……かえって距離を詰めてこられるなんて……）

いくら悩んで抗おうとも、自分には成す術もなく、結局何もかもが彼の思い通りに事が進んでしまいそうで……。

だとしたら、もう悩むだけ無駄なのでは？　とすら思えてくる。

（それでもやっぱり私は……）

複雑な思いに苛まれながら、マナは自室へと戻っていく。

と、そのときだった。

ふとライティングデスクの上に置かれた封筒に目が留《と》まる。

恐らく湯浴みの準備がてら、デイビスが運んできてくれたのだろう。

マナは封筒を手にとると差出人を確認する。

「……誰かしら？」

字体には見覚えがある気がするが、ヘンリー・バーグという名に心当たりはない。

不思議に思いながらも中身を確認する。

だが、なんとはなしに手紙の右下のサインを目にした瞬間、驚きに息を呑む。

（局長⁉　どうしてわざわざ偽名まで使って私に手紙を⁉）

嫌な予感に心臓がぎしりと軋む。

今すぐこの手紙は見なかったことにして捨ててしまったほうがいい。

そう直感するも、どうしても気になって仕方ない。

いったん手紙を伏せて机に置いたが、結局再び手にとると内容に目を通してしまう。

(新しいポストを用意するから戻ってきてほしい？　何度電話をかけても取り次いでもらえないし、手紙を出しても返事がないから……って……一体どういう……こと⁉)

手紙に綴《つづ》られていた思わぬ内容に、マナは愕然とする。

(そんな話、全然知らなかった……いつの間に⁉)

頭の中が真っ白になって、しばし茫然自失となる。

が、ややあって、ようやく落ち着きを取り戻すと、マナは考えを整理しにかかる。

考え得る可能性はたった一つだけ。

アランがデイビスに指示し、局長からの手紙や電話をマナに取り次がないようにしていたに違いない。

(どうしてこんなことまでっ……)

彼の尋常ではない独占欲は常々感じてはいたが、まさかここまでとは思いもよらなかった。

憤りが胸を焦がし、マナは手紙を握りつぶす。

彼の気持ちは分かるが、こんなやり方は気に入らない。
冷水をのぼせた頭に浴びせられた気がして胸が凍りつく。
欲しいものはどんなことをしてでも手にいれる――
かつての彼の言葉が思い出されて、苦々しい思いに打ちのめされる。
彼がどうしようもなく愛《いと》おしいはずなのに、憎くてならない。
（一体私のことを何だと思って……）
許しがたい思いが沸々とこみあげてくる。
だが、それ以上にどうしようもないほどむなしくて。
マナは手紙を胸に押し抱いたまま、その場に力なく崩れ落ちた。

第六章

（……どうしてよりにもよってこんな最悪のタイミングで）

マナはもう何度目になるかしれない自問を繰り返してはため息をついていた。

アルザスに向かう間も、体調不良を理由にクルーザーの一室にずっと閉じこもったままだったし、それは別荘についても変わらない。

せっかくの小旅行なのだから、気を取り直して全ての問題はいったん置いて、彼との貴重な時間を楽しむべきだ。

頭ではそう分かっていても、どうしても行動に移せない自分の不器用さがつくづく嫌になる。

アランもそれを察してか、一定の距離を保ったまま気遣ってくれる。

食事などは一緒に摂りはするし毎日の診察も変わらず続けてはいるが、ぎこちない空気が二人の間に壁となって立ちはだかっていて甘い雰囲気になる余地もない。

（彼とはいったん距離をとらねばならないとは思っていたけれど……何もこんな形でなくたっ

て……）

アルザスの島にある広大なプライベートビーチにプールつきという、すばらしく贅沢な別荘までやってきているというのに、部屋にほぼ閉じこもったままというのはさすがに大人気ない――し自己嫌悪に陥ってしまう。

（……やっぱり旅行の前にあの手紙に気が付かなければ……いや、読むのを途中でやめていたらよかった……）

過ぎてしまったことをあれこれ悔いても時間の無駄だと思うのに、どうしても後悔してしまう。

ノートにそういった想《おも》いの丈《たけ》を書いても書いても、いつもとは違っていつまでも気持ちが切り替わらない。このままでは長編大作ができあがってしまいそうな勢いに、マナは頭を抱えていた。

（なぜ彼はあんなことをしたんだろう？　私が彼の主治医を辞めて、元の職場に戻るのを妨げるため？）

時折アランがのぞかせてくる怖いほどの独占欲を思い出すたびに胸が妖しく疼く。

だが、だからといって外部からの接触を遮断するというのは、いくらなんでもやりすぎのように思えてならない。

人として大事な権利を侵されたかのようなショックに、マナは思った以上に打ちのめされていた。

相手が彼でなければ、おそらくここまでショックは受けなかっただろう。

仮に局長のような人間がしでかしたことなら想定の範囲内のことで、それ以上でもそれ以下でもなかったはず。

彼のことだから何か特別な理由あってのことだと頭では理解しているつもりだが、感情がまったくといっていいほど追い付いていこない。

(いつの間に私はこんなに彼のことを……)

信じ切っていたからこそ、尊敬していたからこそ、こんなにもショックなのだろう。

裏切られたかのようにすら感じてしまうのだろう。

失望が思った以上に重く胸にのしかかってきて、どうすることもできない。

恐らく相手が彼でなければ、また彼が隠したことが仕事に関するものでなければ——やはりここまで打ちのめされはしなかったに違いない。

元々板挟みになって思い悩んできたことだけに、とどめをさされてしまった。

(いい加減気持ちを切り替えなければ……)

そう思いはするものの、何もする気になれない。

マナは沈み切った表情でライティングデスクに突っ伏す。

と、そのときだった。

ドアがノックされて心臓がぎしりと軋む。

このノックは彼に違いない。

咄嗟に息を潜めて目を瞑り、バレバレにも程がある居留守をつかってしまう。

「マナ、気分はどうかね？」

遠慮がちにドア越しに声をかけられて、胸が締め付けられる。

彼に対する申し訳なさが募っていたたまれない。

（……もういい大人なんだし……こんな状況はあまりにも彼に申し訳ない……きっと全ては私のことを思ってくれてのことなんだろうし……）

マナはそう自分に言い聞かせると、意を決して返事をした。

「……だいぶ……良くなりました」

すると、ドアが開いて彼が姿を見せた。

白シャツの胸元にサングラスをかけ、ラフにストールを巻いて、カノチエ帽を合わせたアランの姿に胸が高鳴る。

いつものスーツ姿も凛々しいが、こういったラフなリゾートスタイルも実に様になっている。

捲《めく》られた袖からのぞく彼の逞しい腕をつい意識してしまって、マナは目を逸らした。

「少し外の空気を吸ってはどうかね？　そろそろ夕暮れ時だ」

「……え、ええ」

思わず断ってしまいそうになる自分をかろうじて抑え込むと、マナは頷いてみせた。

何か少しでもこのぎこちない空気を変えるきっかけを作りたいという一心で。

すると、アランは安堵の表情を浮かべて無防備な微笑みを見せた。

まるで叱られた子供がようやく親に赦《ゆる》してもらったかのようなあどけないその笑顔に、マナは目を奪われる。

「――良かった。すぐにデイビスに準備させよう。ビーチサイドで待っている」

「はい……」

彼のこんな微笑みを見たのは久しぶりで――毒気を抜かれてしまう。

厚い雲におおわれた胸に一筋の光が差し込んできたかのように感じられ、マナの口元にも久しぶりに笑みが戻る。

（……こういったやりとりを重ねていけば……きっといつの日かなかったことにできるかもしれない……）

急には無理でも一歩ずつくらいならなんとか……。

限りなく後ろ向きだった考えがようやく前向きに転じて、マナの表情も緩《ゆる》む。

いつもの癖で、何でも無理に白黒つけようとするからこそ、いつの間にかこんなにも袋小路に追い込まれてしまったのだろう。

(彼だって……私の体調不良を鵜呑みにしてはいないはず……だけど、敢えて何も尋ねずにいてくれたのだろうし……)

彼の大人ならではの配慮にしみじみと感謝する。

同時に、自分もそんな風で在りたいと思う。

(……グレーも悪くない)

気をとりなおすと、マナは着替えのためにクローゼットに向かった。

※　※　※

ターコイズブルーのサマードレスにつばの広い帽子とサンゴを贅沢《ぜいたく》につかったネックレス、ブレス、ピアスを合わせて——久しぶりにドレスアップしたマナは、ビーチサイドへと続くタイルを埋め込んだ階段を下りていく。

こうして身なりを整えるだけで、背筋が正されるような思いがする。

青空の端、水平線がオレンジに輝き、薄くたなびく雲はピンクがかった灰紫色に色づいていた。

波が浜に打ち寄せる音と風に木々がそよぐ音しか聞こえない。

潮の香りを含んだ風に、こわばりきっていた心も少しずつ解けていくかのよう。

この島ごとアランの私有地であるため、他の誰の目を気にすることもない。

久々の解放感に救われたような気がする。

上向いてきた気持ちの背中を押されるようにも思えて、ともすれば重くなりがちな足取りも軽くなる。

果たして、ビーチサイドには東屋《あずまや》が設けられていた。

そのソファでくつろいでいる彼の後ろ姿を遠目に見るや否や、マナの心臓は大きく跳ね上がる。

今すぐにでも逃げ出したいような、それでいて駆け寄りたいような葛藤に襲われるも、マナはいったん足を止めてやりすごす。

そして、深呼吸を繰り返してから東屋へと足を運んでいった。

「……お待たせしました」

「いや、随分と顔色も良くなったようで何よりだ」

「ええ、ご心配おかけしてすみません。せっかくのバカンスに水を差してしまって申し訳ありませんでした」

「いや、きっとため込んでいた疲れが一気に出たのだろう。私の生活に合わせるのは、やはり負担だったのではないかね？」

「……いいえ、以前までのほうがよほど忙しかったですし、そもそも私のほうから仕事への同行を願いでたのですから……」

患者に体調を心配されるなんて医師失格だと思うも、彼の気遣いに感謝する。

同時に、彼に嘘をついている気がして、後ろめたい思いにも駆られる。

（別に体調不良は嘘ではないし……ただその原因を伝えていないだけで……）

言い訳のように呟くと、マナはアランに促されるまま彼の隣へと腰かけた。

すぐさま絶妙なタイミングでデイビスがシャンパンと細やかなカッティングが施された色とりどりの果物の盛り合わせを運んでくる。

デイビスにも心配をかけてしまった。

マナが申し訳なさそうに会釈してみせると、彼は柔らかい微笑みを浮かべて、「ごゆっくりどうぞ。日が落ちきって三十分後にランタンとお夕食をお持ちしますので」とだけ言い残して立ち去った。

暗に「日が落ちきるまでは二人きり」ということをにおわせた彼の言葉に、マナの緊張は否が応にも高まる。

何せ一週間以上、間が空くのは初めてのことだったし、その分激しく求められそうな予感に戦々恐々とする。

だが、まだようやく気持ちが上向いてきただけであって、アランへの確執そのものが解消されたワケではない。

こんな状態で——果たして本当に彼を受け入れることができるのだろうか？

否、逆にもういっそ荒療治とばかりに、悩みも葛藤も何もかも吹き飛んでしまうほど激しく求められたほうがいいのかもしれない……。

複雑に心揺らぐマナだったが、彼に促されて我に返るとグラスを傾けて乾杯した。

「——おいで」

アランに誘われ、マナはソファに身を沈めたまま、彼の腕の付け根に頭を預ける。

久しぶりの腕枕を懐かしく思いながら、黙ったまま彼と一緒に大きな夕日が水平線に沈んでいくのを眺める。

沈黙が心地いい。

こんなに心が凪《な》ぐのはいつぶりだろう？

マナが安堵の息をついたそのときだった。

不意に彼が口を開いた。

「この年になってようやく休暇も大事なものだと理解できた」

「……それは何よりです」

「時間ができると普段なかなか腰を据えて考えられないことにまでも考えが及ぶものだ。今までのこと。そして、これからのこと」

「…………」

アランの口調がいつになく重々しく感じられて、マナは彼の横顔を盗み見た。

彫りの深い顔立ちのコントラストが夕日を浴びて際立っているせいか、どこか思い詰めているようにも見てとれる。

しかし、その一方で双眸の輝きは強い輝きを放っている。

思わず見入っていると、その視線を感じ取ってか、アランはマナを見た。

どこまでもまっすぐなまなざしにマナは射抜かれて息を呑む。

いつもと違う空気に、本能が警鐘を鳴らす。

今、このタイミングで――これ以上、彼に語らせてはならないと。

気が付けば、マナは「私もです。これからどうするか……悩んでいました」と、彼が言葉を続けるのを遮るかのように告げていた。

「悩みとは？」

「…………」

彼に尋ねられて余計なことを言ってしまったと焦るも時すでに遅し。

（……せっかく……黙ったままでおこうとおもったのに……）

なんとかごまかせないかと考えを巡らせるも、とてもじゃないが勘の鋭い彼の目をごまかすことなんてできそうもない。

マナは観念すると、ずっと胸の奥で燻っていた思いの丈を吐露した。

「……実は、その……局長からの手紙が届きまして……」

口ごもりながらも恐るおそる打ち明けると、アランは「――ほう」と目を眇めて顔をしかめる。

その苦々しい反応から、やはり彼が局長からの手紙や電話を握りつぶしていたのだとの確信を得て、マナは胸が押しつぶされるかのような錯覚に襲われた。

「……わざわざ偽名まで使って。内容は……恐らくご存じでしょうが……」

「ああ――知っている」

「っ⁉」

あっさりと肯定されるとは思わず一瞬マナは言葉を失うも、沸々と怒りがこみあげてきて、これ以上はよしておいたほうがいいと思うのにどうしても我慢できず、追及してしまう。

「どうして……あんな真似をっ⁉　そこまでして……」

「貴女を守るためだ」

「――え？」

アランは低い声でマナの言葉を遮った。

そして、驚く彼女を窘めるような口調で続ける。

「私とのゴシップで名が知れ渡れば、貴女によからぬ輩が近づいてくる。彼もそのうちの一人に過ぎないと判断したまでのこと」

「――っ⁉」

彼の口調からすれば、そういった類の人間が他にもいたようだ。

自分のことでいっぱいいっぱいでまったく気が付かなかったばかりか、考えすら及ばなかった。

ちょっと物事を掘り下げて考えれば、気づいてもよさそうなものを――

自己嫌悪に駆られるマナの頭を撫でながら、アランは声を潜めた。

「あまりこんなことを言いたくはないが、彼の本当の目当てが何か、貴女なら想像もつくだろう」

「…………」

アランの言葉がマナの胸を鋭く突き刺した。

もしかしてと疑ってはいたが認めたくはなかった。認めてなるものかと思っていた。

だが、アランの確信に満ちた口調からすれば、認めざるを得ない。

マナは渋々認めたくなかった可能性を口にした。

「……寄付金でしょうね……恐らく……私を通じて……貴方に取り入ろうと……」

「そのとおり。だが、それは貴女のプライドが許さないはずだ」

「…………」

彼の鋭い指摘にマナは言葉を失う。

確かに彼の言うとおりだった。

自分のことを自分以上に理解しているアランに戦慄を覚える。

まさかここまで彼に見抜かれているとは思わなかった。

彼の発言には筋が通っている。

だが、腑《ふ》に落ちはするものの、彼のとった行動が最適であったとはやはり思えない。

「……だとしても、こんなやり方で守られるのは……嫌です」

「確かに――」

マナがきっぱりと言い切ると、アランは何か言いたそうにも見えたが、いったん言葉を切っただけで「悪かった。申し訳ない」と謝ってきた。

反撃を覚悟していたマナは、彼の率直な謝罪に肩透かしをくらう。

気が付けば、すでに辺りは夕闇に覆われていた。

「貴女の信頼を裏切るような真似をしてしまった。さぞかし思い悩ませてしまったに違いない……体調不良もそのせいだったのだろう」

後悔の色濃く滲んだ声色で呟くアランに、マナの胸に熱いものがこみあげてくる。

ずっと一人で抱え込んでいた悩みを他ならぬ彼が分かってくれたのだ。

もうそれだけで十分すぎる。

涙腺が壊れたかのように涙が溢れ出てきて、彼のシャツを濡らしてしまう。

「……信頼を築くには時間がかかるが、壊れるのは一瞬だ。貴女の信頼を取り戻すためにできることならなんでもしよう。償わせてほしい」

アランは震えるマナの背中を優しくさすりながら言った。

彼の真摯な言葉に、マナの涙は止まらなくなる。

しばらく、アランは黙ったまま、彼女が落ち着くのを待ち続けた。

暗がりに沈む波が打ち寄せる音と、海鳥の泣き声の他は何も聞こえない。

やがて、ようやくマナの涙が止まったのを見てとったアランは、彼女のまつげについた涙を指で優しく払いのけた。

「すみません……取り乱してしまって……」

「いや、構わない」

アランはマナをいとおしげに見つめるとゆっくりと唇を重ねてきた。

マナは目を閉じると彼の唇を素直に受け入れる。

久々にようやく身も心も彼に委ね切ることができた気がして、せっかく止まった涙が再び滲んできそうになる。

(……きっともう……大丈夫……)

仲直りのキスに、彼へのわだかまりが解けていくのを感じながら、もっと早くに自分の憤りをぶつけていればと後悔する。

(彼と出会ってから……らしくもない後悔をしてばかり……)

それでも、やっぱり出会えてよかったと思える。

長く穏やかなキスを終えてから、二人は気恥ずかしそうに微笑み合う。

笑みくずれるマナをまっすぐ見つめると、アランは改まった口調で尋ねてきた。

「……マナ、改めて私の恋人になってくれるかね？」

「っ⁉」

一瞬、何を言われたか分からず、マナの頭は真っ白になる。

（……恋人……に？　私が……彼の？）

信じがたい思いに、思考が完全に停止する。

それは、ずっと待ち望んでいたと同時に、それ以上に恐れてもいた言葉だった。

「…………」

どうしたらいいか分からず、口にすべき言葉も見つからず、マナは黙ったまま彼を見つめ返すことしかできない。

先ほどまでの甘やかな空気が一転して、緊迫した空気に場が支配される。

今までは曖昧な関係だったからこそ、ありとあらゆる建前を並べ立てて、彼に流されるがまま溺れてきた。

だが、彼との関係をはっきりさせてしまえば、もうそういうわけにはいかなくなる。

一人の女性として彼に愛される道を選ぶべきか？

それとも、元々志していた道へ戻るべきか？

究極の選択を目の前につきつけられて竦んでしまう。

（……まだ答えを見つけていないのに……だから、彼に言葉を続けさせてはダメだと思ったのに……）

結局、回避しきれなかった。

あまりにも長い沈黙がいたたまれない。

何か言わねばと口を開くも、言葉がまったくといいほど出てこない。

これでは無言の拒絶に他ならない。

ややあって、重い沈黙を破ったのはマナではなくアランだった。

「どうやらいきなりの申し出で驚かせてしまったようだ」

「……すみ……ません……」

沈んだ彼の声色に、マナは押しつぶされそうになる。

彼の気持ちに応えたいとは思うが、まだその準備が整っていないのに、無責任な言葉を口にすることなんてできない。

「いや、謝らねばならないのは私のほうだ。つい急いてしまった――休暇をとって以来、ずっとそのことばかり考えていたものでね」

その理由は明らかで――マナは申し訳なさのあまりうなだれる。

（私のせい……私が彼を遠ざけてしまったから……）

マナが彼を見上げると、アランは憂いに沈んだ目を伏せた。

その一瞬の表情に、マナの胸は締め付けられる。

「今は考えが混乱していて……すぐには……まとまらなさそうで……」

「無理もない。返事はいつでも構わない」

「……ありがとうございます。その、初めてのことで……戸惑っていて……」

「無理もない。その気持ちはよく分かる」

「え？」

思わぬアランの言葉にマナは驚かされる。

（もしかして……彼も？）

「意外かね？」

「……え、ええ……」

マナの脳裏に、奔放な女性遍歴などといったゴシップ誌や新聞の見出しがよぎる。

「ゴシップ誌では好き放題書かれているから、まあ無理もないが」

「……別に。ゴシップなんて信じていませんから。あんなのくだらない嘘ばかり」

そう口では言いながらも、頭のどこかでは知らず知らず少しばかり影響を受けていたことを思い知らされて苦々しく思う。

（鵜呑みにしていたわけではないけれど……それでも彼ほどの人を周囲が放っておくはずがないし……）

以前、パーティー会場で周囲の人々の視線を一身に集めていた姿を思い出して、不思議に思わずにはいられない。

見目麗しい女性たちを差し置いてなぜ自分なんかが？　という疑問が拭えない。

なおも怪訝《けげん》そうな面持ちのマナの耳元にアランは優しく囁いた。

「貴女に出会う前は退屈な女性たちにずいぶんとうんざりさせられていた。上辺をいくら取り繕っても内面の幼さとあさましい魂胆が透けて見える。だが、貴女は違った。なりふり構わず自分の志を追いかけていた」

「……そうなのでしょうか？　自分ではよく分かりません」

「ああ、自分のことは自分が一番よく分からない。得てして、一番近しい人間のほうがよほど知っている。そんなものだ」

「…………」

相変わらずの含みを持たせながらも説得力のある彼の言葉にマナは聞き入る。

「だからこそ、信頼し合えるパートナーが必要だという考えに至ったのだよ。私にとってそれは貴女だ。マナ」

アランの情熱が余すことなく込められた告白を、ついにマナは真っ向から受け止めることができた。

（彼が私のことをそこまで愛していてくれていたなんて……）

しみじみと喜びを噛みしめながら、もう全ての葛藤をかなぐり捨てて、彼の気持ちを受け止めるべきだという方向に気持ちが大きく傾く。

だが、続く彼の言葉に冷水を浴びせられる。

「しかし、貴女の信頼を裏切ってしまった私には、そもそも貴女のパートナーとして名乗りをあげる資格すらないのかもしれない」

「…………」

いつになく彼の口調は沈み切っていた。

いつも自信に満ち溢れている彼とは別人のようだった。

そして、その原因が他ならぬ自分にあると分かっているからこそ、彼にかける言葉が見つからない。

しばらくして、アランはマナのこめかみに口づけてから言葉を続けた。

「……マナ、貴女の信頼を取り戻す日がくるまでいつまでも待つつもりでいる。だから、返事は焦ることはない。じっくりと腰を据えて考えてみてほしい」

「……はい」

マナは彼の腕の中で頷くと、胸が引き裂かれる思いで静かに目を閉じた。

(……返事を待ってほしいって……それを望んだのは私なのに……)

今さらのように後悔が怒涛《どとう》のごとく押し寄せてくるも、さっきのやりとりをいまさらなかったことにはできない……。

こんなにも近くにいるにも関わらず彼を遠く感じる。

もしかしたら取返しのつかないことをしてしまったのかもしれない。

得体のしれない不安と焦燥感に駆られるも、アランに励まされるように肩を軽く叩かれてマナは恐るおそる顔をあげた。

「もうこの話は終わりにしよう。そろそろ夕食の時間だ。主治医と患者という関係ではなく、改めて良き友人として付き合ってくれるかね？」

「――!?」

アランの言葉が思った以上に胸に深く突き刺さって、マナは顔をしかめる。

(自業自得なのに……)

そう自分に言い聞かせると、努めてその思いを顔に出さないようにして、彼に頷いてみせた。

すると、アランはいつもと変わらない様子でマナに握手を求めてきた。

彼の懐《ふところ》の深さを改めて思い知らされると同時に、自分がどうしようもなく小さな人間に思えてならない。

自己嫌悪に押しつぶされそうになりながらも、マナはぎこちない笑顔で彼の握手に応じた。

第七章

（良き友人だなんて。そんな都合のいい逃げ道をわざわざ私なんかのために……）

何度振り返ってみてもそうとしか思えない。

そして、自分はそんな彼の言葉に甘えてしまった。

きっと彼を深く傷つけてしまったに違いない……。

マナは心ここにあらずといった虚《うつ》ろな表情で、百合《ゆり》の花束を手に舗装されていない田舎道を歩いていた。

アランの勧めもあって、彼のバカンスの後、それとは別に完全に私的な休暇をとることになったのだ。

折しも、妹の命日が近かったこともあり、マナは二週間ほど前からケルマーから遠く離れた田舎町ルウンまで人目を忍んで足を運んでいた。

ルウンは幼少時代を妹と共に過ごした故郷。

年に一度だけ、妹の命日に墓参りをするために帰郷することにしている。

妹の墓前で、学生時代は医師になる夢を新たにし、医師になってからは妹のように適切な治療を受けることさえできれば救える幼い命を一人でも多く救うことを誓ってきた。

それなのに――

今回は墓前越しにであっても妹に合わせる顔がなくて、足取りは鉛のように重い。

やがて、墓地の端にひっそりと建てられた小さな墓までやっと辿《たど》り着《つ》いた。

去年供《そな》えた花束が枯れたまま置かれている。

毎年、それを見るたびにやるせない思いに駆られる。

自分以外は妹のことを忘れてしまったのだと思い知らされる気がして――

絶縁した両親のその後にはまるで興味はないが、せめて娘の墓参りくらいはしてもいいだろうという憤りに駆られてしまう。

（……別に期待なんてしていないけれど）

子供の頃から何度も期待を裏切られてきた。

貧しいからという理由だけで何もかもあきらめさせられた。

進学も教師の説得と返済義務のない奨学金がなければ確実にできなかった。

子供時代はつらい記憶のほうが多いが、それでも妹と一緒に過ごした日々は小さいながらもたくさんの喜びに満ちていた。

親の目を盗んで寝たフリをしては布団の中に潜り込んで、夜遅くまでいろんな話をしたことを思い出すと、マナの口元に微笑みが浮かぶ。

妹が生きていたら、彼とのことをなんて言っていただろう？

反対しただろうか？　それとも認めてくれただろうか？

（……ああ、会って話したいことが山ほどあるのに）

胸がつまって唇を噛みしめたそのときだった。

「マナ！」

不意に背後から、聞き覚えのある声で名を呼ばれた気がして我に返る。

（まさ……か……いや、そんなはず……）

ぎしりと心臓が軋み血の気が引く。

聞き間違いに違いない。あの人がここにいるはずがない。

その場に凍り付いたまま、幻聴に違いないと自分に言い聞かせるも、嫌な汗が全身から滲《にじ》み出す。

「マナでしょう⁉　探したわよ！　こんなところにいたのね！」

今度はもっとはっきりと先ほどの声が聞こえてきた。

（……ありえない）

信じがたい思いで恐るおそる後ろを振り返ると、みすぼらしい老婆が感極まった様子で駆け寄ってくるのが見てとれる。

異様に老けて見えるが、すぐさまそれはかつて母親だった人だと直感して、反射的に逃げ出したくなる。

（探した⁉　どうして今ごろ⁉　一体何のために？）

激しい憤りが胸を突き上げるあまり、吐き気をもよおして口を手で押さえる。

（っ……息が……）

眩暈と共に過呼吸に襲われる。

久しぶりの発作に辟易としながらも、いつもしていたように努めて深い呼吸を繰り返してなんとかやり過ごす。

だが、老婆はそんなマナの様子に気付きもせず、まるで親子の感動の再会とでも言わんばかりに大げさな身振りで「マナ、会いたかった！」と声を張り上げた。

（会いたかった？　いまさらよくもそんなウソを……白々しい……）

マナは冷ややかな目で老婆を睨みつけると、胸の内で毒づく。

母親を憎むあまり拒絶反応を示すまでになり、見切りをつけてから絶縁して——かれこれ十年以上になる。

もう自分は子供ではないのに。

こんな薄っぺらい演技に騙《だま》されるとでも思っているのだろうか？

軽蔑を通り越して、むしろ哀れとすら思えてくる。

マナは冷笑を浮かべると、突き放すような口調で老婆に告げた。

「――人違いでは？　私に両親はいませんので」

「何を言っているの！　親が子を間違うはずないでしょう？　貴女が戻ってきたって噂を聞きつけて探していたのよ!?」

「………………」

いつの間に噂になっていたのだろう？　まったく気づかなかった。

(これだから田舎は……)

どんな小さな噂も瞬く間に広まってしまうことを窮屈に感じていたかつての自分を思い出して肩を落とす。

だが、マスコミに騒がれたことを鑑みるとそれも無理はない。

去年までとはまったく事情が違うのだから、もっと注意すべきだったに違いない。

「ああ、マナ、本当に立派になって……」

骨ばった両手が差し伸べられるも、マナは反射的にその手を払いのけてしまう。

「マナ？　どうして？　せっかく会えたのに……」

「よくもそんなことを……今日が何の日か覚えてすらいないくせに……」

呻《うめ》くように呟くも、老婆は怪訝そうな表情で首を傾げるばかり。

予想どおりの反応だったが、心のどこかではわずかな期待を捨てきれていなかったのかもしれない。

思った以上にショックを受ける自分が腹立たしい。

（これ以上、関わらないほうがいい。この人にはどうせ何を言っても無駄なのだから）

マナは老婆を無視してその場から立ち去ることにした。

だが、老場はなおもしつこくマナに食い下がる。

「……マナ、母さんは本当にマナを誇らしく思っているのよ。まさかお医者様になれただけじゃなく、今やロックフォード社の社長の恋人だなんて」

「――っ⁉」

なぜいまさら？　という疑問は、今の彼女の一言であっけなく解けた。

（ああ、マスコミが騒ぎ立てているのを鵜呑みにして……それで……）

それがなければ、わざわざ自分を探そうとはしなかったに違いない。

いつだって誰かに寄生することしか考えていなかった彼女の浅ましさは、十年経った今も変わっていないようだ。

と、不意にアランの言葉が脳裏に蘇る。

(ゴシップで名が知れ渡れば、よからぬ輩が近づいてくるって……もしかして……)

てっきり局長だけだと思っていたが――

ひょっとしたら……と、嫌な予感が胸を貫く。

さすがにそれはないと思いたい。

だが、その願いもむなしく、老婆は得意そうに言葉を続けた。

「マナが田舎を出て行った後、母さんは本当に大変だったのよ……父さんは他に女をつくって家を出ていってしまったし、母さんは一人では何もできないし……でも、もう安心だわ」

「……っ⁉」

さすがに今の言葉だけは聞き捨てならない。

「……今のはどういう意味⁉　何がどう安心だと？　親としての務《つと》めも果たさないでおいて、今さら何を期待しているの？」

マナは低く押し殺した声で老婆に詰め寄った。

その凄まじい殺気に、さすがの老婆も言葉を失って後ずさる。

「あいにく私は彼の主治医であって恋人ではありませんから。私や彼に何か期待しても無駄ですから」

ずっと押しとどめてごまかしてきた憎しみがついに堰を切って溢れ出てきてしまう。

「お願いだからもう二度と関わらないでっ！」

そう言い放つと、マナは逃げるようにその場を去っていった。

心がぐちゃぐちゃに掻き乱されて、涙が頬を伝わり落ちていく。

だが、その涙の意味は自分自身にも分からなかった。

※　※　※

「…………」

マナは沈痛な面持ちで幅広の帽子を目深にかぶり駅のホームで、ケルマー行きの汽車が来るのを待っていた。

田舎では珍しい話でもないが、いつの間にか自分の帰省が噂になっていて、この世で一番会いたくない人が一番会いたくないタイミングで現れるとは思いもよらなかった。

他人の目が怖くなり、宿に戻るや否やすぐさま荷物をまとめて帰路についたのだ。

（……彼があそこまでしたのは……たぶんあの人のせい……私をあの人に会わせたくなかったから……でも、それならそうとなんで言ってくれなかったんだろう……）

やりきれない思いがずっと胸を渦巻いていいて、そう簡単に落ち着きそうにもない。

過去の嫌な記憶が何度もフラッシュバックして止まらなくなっていた。

彼の不可解な行動の何もかも全ては自分のためを思ってのこと。

それを痛いほど思い知らされた今、彼に会わねばという衝動に駆られていた。

（会って彼に直接確かめなくては——）

確かめるもまでもない。本当はただ彼に会いたいだけ。

それなのにいまだに建前が必要な自分が嫌になる。

もっと自分の気持ちに素直に向き合えばいいのに、彼に思いの丈を悩みも何もかもそのままぶつけてみればいいのに。

怖くて怖くてどうしてもできなかった。

だが、それを認めたくもなかった。

親にすら甘えられなかったのに、他人に甘えることがどうしてできるだろう?

（それでも……彼になら……今ならきっと……）

もどかしい思いでホームを行ったり来たりするも、時間は遅々として進まない。

と、そのときだった。

苛立ちに急かされるマナの目に他ならぬ彼の姿が目に飛び込んできてドキリとする。

とはいえ、彼本人ではなく、ベンチに腰かけた男性が広げていた新聞の一面に大きく彼の姿が印刷されていたのだ。

こんな形の再会ですら、マナの胸は熱く燃え上がる。

だが――続いてその見出しに気付いて、息が止まるかに思う。

(っ⁉　緊急入院――って⁉)

一瞬、目の前が真っ暗になり思考が停止した。

(嘘っ⁉　そんなまさか……だって私には何の連絡も……)

休暇中も何かあったときのためにと、滞在していた宿は知らせていた。

(何かの間違いに違いない……)

そう自分に言い聞かせるも、嫌な動悸は一向に収まらない。

気が付けば、マナは改札へと無我夢中で駆けていた。

そして、駅員に至急の案件だと告げると、駅員室で電話を借りてケルマーのツォレルン城へとはやる思いで電話をかける。

(どうか……無事でありますように……何かの間違いでありますように……)

受話器をきつく握りしめて祈る。

ややあって、デイビスに電話がつながった。

「もしもしっ！　マナです！」

『ああ、マナ様、良かった！　ご連絡をお待ちしていました』

デイビスの逼迫した声色に、マナの胸は不安で締め付けられる。

「私からの連絡を待っていたって……どういうことですか⁉　何かあったらすぐに連絡するようにと伝えていたはずですが⁉」

事が事だけに、つい声を荒らげてしまう。

すると、デイビスは呻くように事情を説明した。

『ですが、旦那様から、マナ様が休暇をとられている間は、絶対に連絡してはならないときつく止められていまして……連絡先も知らされず……こちらではどうすることもできなくて……』

「──っ⁉」

（……なんです……って⁉）

思いもよらなかったことを聞かされて、マナは愕然とする。

（どうしてそんな真似をっ！）

「緊急入院って本当ですか⁉　いつ⁉　搬送先は⁉　容態も分かる範囲で構いません。教えてください」

『……休暇明けに仕事が立て込んでいらっしゃるようでお邸にはほとんど戻っていらっしゃらず……二日前に本社の社長室で発作を起こして倒れているのを発見され、その後ケルマー大学病院に運ばれました』

（二日も前に……ああ、こんなことなら彼の元を離れるんじゃなかった！）

服薬や生活改善の結果、数値も安定していた先のまさかの不意打ちに目の前が真っ暗になる。

「……すぐに病院へ直接問い合わせてみます！　今はレーヌさんが付き添いを？」

『はい』

どうしてその場に自分がいないのかと腹立たしく思うが、その一方でアランと旧知の仲のレーヌが彼の傍についていてくれていることをありがたくも思う。

「じきにケルマー行きの汽車が来ます。そちらに着くのは一八時過ぎになります」

『かしこまりました。迎えにあがります。お待ちしております……』

電話越しにもデイビスが安堵している様子が伝わってきて、逆にそれがアランの容態がかなり深刻なものであるとマナは察する。

電話を切ると、マナは逸《はや》る思いで大学病院へと電話をかけ直した。

（どうか……無事でありますように……）

※　※　※

（……慢性心不全の急性増悪《ぞうあく》で緊急搬送……容態は落ち着いたけど……いまだに意識不明の状態が続いているなんて……）

直接病院に電話して、アランの主治医であることを告げて彼の容態を尋ねたマナは、沈痛な面持ちで背後へと流れていく車からの景色を眺めていた。

駅でデイビスと合流してから、彼の、運転するクラシックカーは、ケルマー大学病院へと急いでいた。

車中には、息苦しく感じるほどの重い沈黙が垂れ込めている。

時折、デイビスはマナの横顔に物問いたそうにチラリと視線をくれるも、声をかけるのを躊躇《ためら》って再び車の運転に集中する。

（……病院に運ばれて心停止……すぐに胸骨圧迫を始めたらしいから脳にダメージは残っていないはずだけれど……）

搬送される前に心停止をしていたら――

そう考えるだけで胸が押し潰されそうになる。

（……こういう緊急事態にすぐに対処できるように。適切な処置をとれる人間が傍にいるべきだったのに……それこそが私の役目だったのに……）

これでは主治医失格だと、唇をきつく噛みしめる。

（たった一人すら救えずに多くの子供たちを救いたいだなんて大志を抱くなんて……おこがましいにも程がある……）

後悔と自己嫌悪が延々と止まらない。

やがて、ようやくレンガ造りの病院が見えてきて、急く思いと緊張に拍車がかかる。

（まさか……こんな形で元の職場に戻ることになるなんて……）

アランと最初に出会ったことが、もう随分と昔のことのように感じられる。

切なさに胸が詰まり、不覚にも涙ぐむ。

（……物思いに耽っている場合じゃない。しっかりしないと）

マナは指先で涙を拭うと、車から降り立った。

もう面会時間は過ぎているが、構わず時間外出入口へと向かう。

すると、すでにそこにはレーヌが待ち構えていた。

「――ドクター、休暇中のところ申し訳ありません」

「いいえ、むしろ肝心なときに傍にいられず、こちらこそ申し訳ありません」

マナは事前に自分の部屋から持ってきてもらっていたドクターバッグと白衣をデイビスから受け取ると白衣を羽織った。

そして、レーヌに案内されて病院の最上階へと向かう。

最上階にはVIP専用の特別個室がある。

果たして――病室とはとても思えない豪奢《ごうしゃ》な内装の部屋に彼はいた。

クラシックホテルのスイートルームに置かれてあるようなベッドに横たわって目を閉じている。

腕には点滴の管が刺されているが、自発呼吸はあるようだ。

彼の姿を目にした瞬間、マナの胸は今までになく切なく締め付けられる。

感情が昂って、彼への思いが迸《ほとばし》り出てきそうになるのを必死に堪えながら、バイタルチェックをおこなう。

「……確かに、電話で伺っていたように、今はもう落ち着いているようですね」

「ええ、ですが、一向に目が覚めず……どうしたものかと……」

「……そうですか」

（こういったケースは最後は本人の意志の力がものを言う。どれだけ生きたいと思うか、諦めてしまうか……）

レーヌとデイビスに余計な心配をかけたくなくて口には出さないが、マナにはアランが目覚めない本当の理由を察して目を伏せる。

（……あんなにも自分のことだけには無関心だったのだもの……まるで死にたがっているかのように……）

もしかしたら、このまま永遠に目覚めないかもしれない。

そう思うや否や、マナは絶望のあまり膝から崩れ落ちそうになる。

だが、なおも気丈に気持ちを奮い立たせると、デイビスとレーヌに言った。

「私が彼を看《み》ます。お任せいただけますか？」

「ええ、もちろんです。後はよろしくお願いします」

レーヌが神妙な面持ちで頷いてみせると、デイビスを促して病室から出て行った。

それを見送り終えてから、ようやくマナはその場に崩れ落ちた。

張り詰め切っていた緊張の糸が切れて、しばらくそのまま動くことができず、声を押し殺して咽《むせ》び泣く。

やがて、震える足に力を込めてなんとか立ち上がると、彼の力を失った大きな手をとって涙で濡れた頬にあてた。

そして、冴《さ》え冴《ざ》えとした月明りに照らされて深い眠りに落ちたままのアランの唇へとそっと口づけた。

冷たい唇の感覚に不吉な予感が強まって、胸がよりいっそう締め付けられる。

（お願い……どうかまだ逝ってしまわないで……話したいこと、話さなくてはならないことが山ほどあるのに……）

だが、マナの祈りもむなしく――アランの目は固く閉じられたままだった。

第八章

（……また繰り返すの？　もう二度と繰り返さないと決めていたのに。だから、一人で生きていくつもりだったのに……大切な人なんてつくりたくなかったのに……）

マナはアランの手を握ったまま、思いつめた表情で嘆息した。

彼の付き添いを始めてから、もうどれくらい経っただろう？

時間感覚がまるでない。ものすごく長いようにも思えるし、短いようにも思える。

ずっと寝ていないため、意識が朦朧《もうろう》としている。

少し仮眠でもとったほうがいいと分かってはいるし、時折様子を見に足を運んでくれるレーヌやデイビスにもそうすべきだと言われるが、もし、その間に彼の容態が急変してしまったらと、怖くて眠れずにいる。

あの時もそうだった。

過去のトラウマが生々しいまでに蘇って生きた心地がしない。

寝ずの看病をして、ずっと妹の手を握りしめて祈っていた。

だけど、知らず知らずのうちに意識が遠のいてしまって――

（……後悔するのはもう嫌）

まぶたが異様に重い。頭が舟を漕《こ》ぎ、何度か意識が飛んだような気もする。

カフェイン錠剤を摂ってなんとか持ちこたえてきたが、さすがに限界がある。

（彼が起きるまで……無事を確認するまでは……どうか……）

祈るような思いで、マナはアランの手を強く握りしめた。

だが、そのときだった。

違和感を覚えて、ハッと息を呑む。

（そん……な……冷たく……な……って……）

気が付けば、アランの手は固く冷たくなっていた。

（……リリーネと……同じ……）

一体いつの間に⁉

絶望の奈落に突き落とされ、目の前が真っ暗になる。

「駄目！　アラン、死なないで！　嫌よ！　お願いだから私を残して逝《い》かないで！　もう一人にしないでっ！」

マナは半狂乱になって絶叫した。

（ああ……こんなにも私は彼のことを……）

今さら気付くなんて。もう何もかも遅いのに。

そう自分をのろいながら。

※　※　※

「――っ!?」

マナはびくっと肩を跳ね上げると同時に重いまぶたを開いた。

頬が涙で濡れている。

その涙を長い指が優しく拭ってきて驚きに息を呑む。

「……アラン？」

すぐ傍にアランの微笑みがあって、自分の目を疑う。

夢だろうか？　それともさっきのが夢？

混乱するあまり、しばし茫然自失となる。

「おはようマナ。悪い夢でも見たのかね？」

久しぶりに耳にした彼の低くあたたかな声に胸が熱く震える。

「……アラン……本当の本当に？」

「ああ」

すぐには信じられず、マナは彼の大きな手を何度も確かめるように握りしめる。

（……あたたかい）

「よかった……目が覚めて……」

「貴女の返事も聞かずには死んでも死にきれない。もう、以前の死にたがりだった私とは違うのだよ」

まだ声に力は戻っていないが、いつもの彼らしい口調に思わずマナは涙ながら笑みくずれる。

「……いつの間に……私寝てしまって……」

「ずっと看病してくれていたのかね？」

「ええ、そのつもりでしたが……」

「無理をさせてしまったのではないかね？」

「……無理くらいいくらでもします。それで貴方が目覚めてくれるのなら」

視線をさまよわせながら呟いたマナの頬をアランは優しく愛おしげに撫でる。

「でも、すぐに起こしてくれたらよかったのに……」

「貴女の寝顔を眺めていたくてね――だが、悪夢を見ていたなら、早くに起こすべきだったか」

「………」

不吉な夢を思い出して、マナは固まってしまう。

だが、すぐに気を取り直すと、その場に立ち上がろうとする。

「すぐに専門医に来てもらいます。点滴も外さないと――」

「いや、貴女がいてくれればそれでいい」

「でも……」

躊躇うマナに、アランは身体をゆっくり起こして手を差し伸べてきた。

「マナ、おいで」

「………」

懐かしくすら思える誘いに、マナは胸を詰まらせる。

だが、すぐさま彼の胸に飛び込みたい衝動を必死に堪えて、「……せめて点滴だけは抜かせてください」とぶっきらぼうに答えてみせる。

そして、手早く点滴の針を彼の腕から抜くと、改めて彼に向き合う。

ただ、しばらくぶりすぎてどうしたものか分からない。

とりあえずおずおずと手を出してみると、アランはその手を掴んで引き寄せた。

マナは彼の胸の中に倒れ込むようにして顔を埋める。

「会いたかった」

「……良かった……本当に……」

しばらくそのまま抱き合って再会の喜びをしみじみと噛みしめる。

「おかえり」

「……それはこちらの台詞です」

マナが上目遣いに軽く彼を睨んでみせると、アランは苦笑してみせた。

「ただいま」

「おかえりなさい」

アランはマナの顎に手を添えて上向かせると、唇を優しく重ねてきた。

マナは目を閉じて、彼のキスに身を委ねる。

暖かで柔らかな心地よさに、緊張にさらされてこわばりきった心も解《ほぐ》れていく。

互いに濡れた目で見つめ合うと、穏やかに笑い合う。

「心配かけてしまって悪かった」

「ええ、だからあれほど一度きちんと精密検査をするようにと……専門医に診てもらうべきだと言っていたのに……」

「だが、それでこうして貴女が戻ってきてくれたのならよしとしよう」

「……まったくよくないですし、別に……それがなくても……」

言葉半ばで口ごもるマナにアランは尋ねた。

「戻ってこようとしてくれたのかね？」

「…………」

マナは複雑な表情ではあるが、ぎこちなく頷いてみせる。

「……離れてみて……貴方と話したいことが山ほどあると気付いて……謝らなくてはならないことも……たくさんあって……いろいろと気遣っていただいていたのに……失礼なことをしてしまって……」

母親が現れたことを明かすまいとは思うが、そのときのことを思い出しただけで吐き気と震えが止まらなくなる。

訝《いぶか》しまれても仕方ない。

だが、アランは、「気にしなくてもいい」とだけ言って、マナの頭を丁重な手つきで撫でるだけで、それ以上追及しようとはしなかった。

話せるときがきたら話してくれればいい。

まるでそう言われているような気がして。

マナは安堵すると共に改めて彼に感謝する。

「すみません……」

「謝らずともいい。私の元に戻ってきたということは、期待してもいいのかね？」

アランのまっすぐな問いかけに、マナは今の自分の気持ちを偽らずに一つずつ素直に言葉に託していく。

「……ずっと追いかけてきた夢は諦めたくはなくて……でも、貴方と一緒にいたい。矛盾しているとは思います……でも……」

（人を天秤《てんびん》にかけるような……こんな失礼なこと、幻滅されてもおかしくない）

マナは言葉をいったん切ると、アランからの厳しい言葉を待つ。

だが、アランは「それは無理もない。矛盾などしていない」と答えた。

「っ⁉」

驚いて彼を見ると、アランは鷹揚な微笑みを浮かべて言葉を続ける。

「――それは白か黒か決めねば気が済まない貴女らしい悩みではあるが、片方を諦める必要はない。欲しいものは全て手に入れればいいだけのこと」

「……そんな……簡単に言わないでください。誰もが貴方のように全てを思い通り手にいれられるわけではありません。何か一つですらようやくの思いでしがみついて……それでもいつ振り放されるか気が気ではないのに……」

全て一人でやってくるしかなかった今までを振り返って苦々しい思いを噛みしめる。

「……自分にできるからって、誰もができるなんて思わないでください。多くの人は貴方のように強くはありません」

「私はそんなに強く見えるかね？」

「……ええ」

マナが頷いてみせると、アランは苦笑してみせる。

「確かに。だが、その代償として命を削ってきたのはごらんのとおりだ」

「…………」

自嘲的にこぼすアランにマナは目を細める。

「私にできるのだから他人にもできるなどとは思わない。ただ、私にできるのだから、貴女にはできるというだけのこと」

「……そんな……私のことをかいかぶりすぎです」

「だが、貴女は私の心を虜《とりこ》にした。だから、私の力は貴女の力だ」

「――っ!?」

マナは顔をあげるとアランをまっすぐ見つめた。

月明りに照らし出された彼の目が柔らかな光を放ち、マナを見つめ返す。

「貴女が私に不可能はないと信じているなら、貴女にも不可能はない。力になろう。協力は惜しまない」

「……アラン」

彼の言わんとすることがようやく腑に落ちて、マナは胸を詰まらせる。

「……貴方はどうして……そこまで……」

「それは私の台詞だ。最初に全てを捧げてくれたのは貴女だ。マナ」

「そんなつもりはまったく……」

戸惑うマナにアランは告げた。

「私のために夢を諦める必要はない」

マナの頬に伝わり落ちていく涙を指で拭うと、穏やかな声色で尋ねた。

「だから、改めてマナ、結婚を前提として私と付き合ってくれるかね?」

ここまで言われてしまえば、もう何も言い返すことはできない。

(……私の完敗)

以前までの自分であれば、なおも抗ったかもしれない。

悔しがったかもしれない。

だが、マナは清々しい思いで彼に頷いてみせた。

「……はい。私で……良ければ……」

「貴女でなければ駄目だ」

アランはマナの唇を親指で優しくなぞってから再び唇を重ね合わせていった。

先ほどのキスよりも熱を込めて――甘く激しく。

マナは目を閉じて、彼の唇を素直に受け止める。

アランはマナの頭を抱え込むようにすると、舌を深くへ差し込んでは甘く吸い立て、口の中を攪拌《かくはん》していく。

「ンン……ン……っふ……あ……あぁっ」

いやらしい湿った音にたちまち身体の芯に火が灯り、下腹部が疼き始める。

「……駄目です……まだ絶対安静なのに……」

「だが、退院まではとても待てそうもない」

「……なら、その……わ、私が……します、から……」

思わず上ずった声で衝動的に答えてしまって、顔から火が出るかに思う。

（私ったら……なんてはしたないこと……）

死ぬほど後悔するも、その言葉はアランの雄に火をつけた。

「では、お願いしよう」

「…………」

いったん口に出した以上、いまさら撤回できない。

マナは躊躇いがちに頷いてみせる。

自分でするとと言ったはいいが、本当にそんなことできるのだろうか？

自信はないが、アランが求めるのならなんだってしようという思いに嘘はない。

彼の意識が戻らず、このまま二度と会えないままになってしまうのではと不安でならなかった。こうして再び彼と会話を交わせていること自体が奇跡のように思えて。

彼のためにできることがあれば最善を尽くしたい。

（今度こそ……もう二度と後悔したくない……）

「久しぶりに君の全てを見たい――」

「アラン……」

「見せてくれるかね？」

「……ええ」

アランの情欲に濡れた鋭いまなざしに射抜かれて、マナは白衣を脱ぐと、続いて普段から着用しているドレスを脱いでいく。

（ああ、そんなに見つめられたら……）

彼の視線を身体の隅々にまで感じる。

それだけで全身の血が沸き立って熱を帯びていく。

ややあって、青白い月明りの下、一糸まとわぬ姿でアランへと向き合うも、肌寒さに身震いする。

すると、アランはベッドの上に置かれた白衣をマナの肩に羽織らせた。

「大丈夫かね？」

「……はい」

アランに促されてベッドの上にあがると、彼はシーツを捲って彼女の手を病衣越しに自身の半身へと触れさせる。

（ああ……もうこんなに硬く……獰猛な獣みたいにひくついて……）

生命力を漲《みなぎ》らせた雄の化身は、マナの手の内で力強く脈打っていた。

マナは慄くも、彼が生きようとしている証のようにも思えてうれしくも思える。

手で包み込むようにしてゆっくりと愛《め》でてみると、アランは陶然とした息をつく。

もっと——もっと満足させたい。

そんな思いに衝き動かされて、直接触れてみた。

先端から溢れ出ている蜜を指で塗り広げつつ、手首のスナップをきかせて肉幹をしごいていく。

太い血管の浮き出た半身は、もうすでに張り詰め切っていて、マナの愛撫に合わせて力強くしなる。

アランはマナの乳房をやわやわと弄びながら、苦しそうに顔をしかめ、唸《うな》るように呟いた。

「……焦れてしまう。今すぐ貴女を押し倒して貪りたい。独占したいくらいだ」

いつも余裕に満ちた彼らしくない訴えにマナは焦る。

（このままだと……彼なら本当にやりかねない……）

さすがにそれはまずい。

まだ準備が整っていないが、マナは意を決して彼の肉槍を秘所へとあてがった。

そして、ゆっくりと腰を落としにかかる。

滑らかな感触が媚肉にめりこんだ瞬間、思わず息を呑んで固まってしまう。

久しぶりなせいか、いつも以上に太くたくましく感じてぶるりと身震いする。

身体の中央を圧し拡げられていくのを感じながら、徐々に自重をかけて肉棒を奥へ奥へとじりじりと埋め込んでいく。

「う……っく……ン、ン、ンンぅ……」

やはり、まだ濡れていないためなかなか挿入れることができない。

すると、アランがマナの足の付け根へと手を伸ばしてきた。

指で花弁をまさぐると、奥の秘芯を弄ってくる。

「あっ⁉　あ、あぁ……や……ンン……あぁっ……」

肉槍が半ばまで挿入《い》れられた状態で、敏感な肉核を刺激され、マナは甘い声を洩らしながらよがる。

（あああ……全部見られてしま……って……）

下から見上げられているため、つながっている箇所も愉悦に歪む顔も何もかも見られてしまっている。

それを意識すればするほど感度が研ぎ澄まされて、蜜壺が彼の半身をきつく締め付けてしまい、愛液が奥から溢れ出てきては肉槍を伝わり落ちていく。

蜜が潤滑液となり、やがてマナは腰を落とし終え、彼の全てを自身に迎え入れることができた。

（……きつ……い。中でめいっぱい張り詰めて……）

挿入《はい》ったはいいが、それだけでいっぱいいっぱいでなかなか動くことができない。

するると、アランが彼女の腰骨を押さえて、腰を跳ね上げてきた。

「やっ⁉　あっ！　あぁっ！」

身体が不安定にぐらつく中、いきなり子宮口を突かれて、マナはたまらず鋭い嬌声をあげてしまう。

「……ん、うぅ、だ、ダメです……絶対安静に……していてくだ……さい」

眦を吊り上げて注意するも、言葉にまるで力が入らないのが悔しい。

マナは急《せ》く思いで足に力を込めると、慎重に腰を上下に動かし始めた。

「あっ……あ、あぁっ……あああ……」

押し込むときには肉槍の圧迫感、引くときには解放感と共に深い快感が滲んできて、マナは煩悶《はんもん》する。

（ああ、なかなか……思うようにいかない）

いつもなら彼に身を委ねてさえいればよかったが、今回はそうはいかない。

もっと腰を動かそうと思いはするのに、腰を動かすたびに愉悦に邪魔されてつい動きが止まってしまう。

もどかしく思いながらも、もっともっと欲しいという思いが心身を焦がしてきて、マナは必死に腰を揺らしていく。

ない。

「ン、あぁ……ん、っふ……」

より気持ちいい箇所をと、無意識のうちに腰をくねらせてしまう自分が恥ずかしすぎてならない。

上下だけでなく少し上半身を傾けた状態で前後させ、一番奥まで彼を迎え入れた状態で腰を回すように動かすと、一際強い悦楽が襲い掛かってくる。

羞恥心を色濃く滲ませた表情で自ら腰を妖艶にくねらせるマナの献身的な姿に、アランは憑《つ》かれたように見入っていた。

「とてもきれいだ。マナ――」

「や……見ないで……くだ、さい……こんなはしたない姿……」

「全て見たい。私だけのものだ」

「あ、あ、あぁあっ！」

絶対安静――動いてはならないとあれだけ言っていたにもかかわらず、さすがのアランもこれ以上は我慢できないとばかりに、マナの動きに合わせて腰を跳ね上げて奥を果敢に貫き始めた。

マナは焦《あせ》るも、もはやどうすることもできない。

（病室で……こんな……こと……ありえないのに……）

背徳感に後ろめたさを覚えながらも、一心不乱に腰を弾ませつつ、彼のピストンをも受け入れる。

腰を落とすのと、彼が奥を突き上げるタイミングが合うたびに、きつくとじたまぶたのうらが真っ赤に染まり、一瞬意識が飛ぶ。

「あ、い、いい……深い……だ、ダメぇぇ……あ、あぁっ……ま、また……」

「何度でもイキなさい」

アランはマナの両手を握りしめると、真下からいよいよ本格的に太い衝撃を最奥へと埋め込み始めた。

「ンっ！　あ！　も、もうもうっ！　や、あ、あぁっ！　やぁあっ！」

ひっきりなしに達して、そのたびに半身をきつく締めあげてしまうにもかかわらず、彼はストイックに射精の衝動をやりすごしてなおも熱のこもったピストンでマナを攻め続ける。

時折、愛蜜と潮とがつなぎめから飛沫《しぶき》をあげては、肉槍を伝わって彼の腹部をも濡らしていく。

（……嘘……こんなの……意識が戻りたてとは思えない……）

アランの尋常ではない精力に驚きながらも、マナはさらなる頂を彼と共に目指す。

ベッドの軋む音が早まっていって、やがて彼が呻くように言った。

「――マナ、そろそろ……だ。もういい。抜いたほうがいい」

彼も絶頂が近いのだと察するも、マナはよりいっそう熱を込めて腰を弾ませ、首を左右に振ってみせる。

「だが、このままでは――」

躊躇うアランにマナは頷いてみせる。

(彼なら……彼となら……後悔しない……)

確信を胸に、共にさらなる頂へと昇り詰めていく。

「あっ！　あぁっ！　アランッ！」

「ああ、マナ。一緒に……」

互いの手をきつく握りしめ合って、ついに同時に果てた。

いままでにない一体感にマナは感極まった微笑みを浮かべると、彼と深くつながり合ったまま身体を倒す。

彼の半身が自身の奥深くで力強く脈動するのを感じながら、途方もない至福感に心身を委ね切る。

ようやく本当の意味で彼とつながり合えたような気がする。

「マナ、ありがとう。愛している」

アランは胸に預けられたマナの頭を撫でながら彼女の耳に囁いた。

「……私も……愛しています」

ずっと伝えたかった言葉が、マナの唇からもごく自然に紡がれる。

だが、満ち足りた思いと共に強烈な眠気に襲われて焦る。

「……ああ、すごく眠くて……でも、このまま……は……さすがに……」

「問題ない。後は私に任せなさい。今度は貴女が休む番だ」

いつも抗ってきたアランの言葉も、今は不思議なほど素直に受け止められる。

「では……少しだけ……お言葉に甘えさせてもらいます」

そう答えると、マナは深い眠りへと沈んでいった。

ここが自分の居場所だという揺るぎない確信と共に――

エピローグ

アランの退院と共に、マナはケルマーのツォレルン城へと戻った。

主治医兼恋人として――

（……嘘から出た誠というか……嘘というわけではないけれど……結果的に嘘になってしまったというか……）

自室のライティング机で書き物をしながら、マナは物思いに耽っていた。

母親に彼の恋人ではなくてただの主治医だと言い切った手前、どことなく後ろめたい思いはいまだに拭いきれずにいる。

同時に、やはり自分がアランの恋人だったのだと知った母親が、彼に金銭などの無心をしたりしないかなども気がかりだ。

だが、何があったとしても、これからは彼と一緒に解決していけばいいだけのこと。

前とは違って今はそんな風に考えることができる。

自身の変化をうれしく思いながら、マナはペンを置いて日記帳を閉じた。

と、そのときだった。

隣のドアがノックされ、返事をするとアランが中へと入ってきた。

見違えるように元気そうになった彼の姿を見るたびにうれしく思う。

つくづく面倒な病だとばかり思っていたが、彼が常々口にしてたように薬にもなるのだと考えを改めざるを得ない。

「マナ、ちょっといいかね？」

「アラン、診察の時間はまだのはずだけれど？　何か用でも？」

「ああ、それよりもぜひ見てもらいたいものがあってね」

「診てもらいたいもの？」

デイビスかレーヌか、他の使用人の誰かが体調でも崩したのだろうか？

不思議に思いながらも、マナは革のカバンを手にアランに促されて階下へと向かう。

果たして、彼が案内したのは――テラスにつながる改装中の一室だった。

確か内装が古くなったからと、二週間ほど前から改装が始まっていたが、特にこれといって気に留めてはいなかった。

狐《きつね》につままれたような表情のマナにアランはいたずらっぽく微笑みかけると、観音開きのドアを開いてみせる。

「――っ⁉」

改装の済んだ部屋を目にした瞬間、マナは驚きのあまり口に手をあてて息を呑む。

それも無理はない。

白を基調とした部屋の片隅には、医療器具の収まったキャビネットが置かれていて、デスクや椅子、診察ベッドも置かれていたのだから。

（これって……クリニック⁉　まさか……私のために⁉）

アランはデスクの上に置かれた薔薇の花束を手にとると、その場にかたまったままのマナへと差し出した。

「マナ、誕生日には一日早いが、クリニックの開設おめでとう」

「え、えっ、ええええええええ！」

夢じゃないかと頬をつねるもきちんと痛い。

思わぬサプライズにテンションがおかしくなったマナは慌てふためきながらも彼から花束を受け取ると、しばらくの間放心していた。

だが、ようやく我に返ると、何度か頬をつねり直してやはり夢じゃないことを確認してから、興奮気味に声を震わせた。

「アラン……ありがとう……こんな素敵なプレゼント……本当に何とお礼を言ったらいいか……」

「貴女はドレスや宝飾類よりもこのほうが喜ぶと思ってね」

「……ええ、それはもう。というか……誕生日自体忘れていました……」

「私も今まではそうだったが、今後は大切にしていきたいと思い直してね」

「……そうですね」

互いに神妙な面持ちでしみじみと頷き合う。

言葉の端々に、今までそういう習慣がなかった過去を思い合う。

だが、すぐに気を取り直してマナは改めてクリニックを見回した。

「それにしても……本当に素敵。バルコニーが中庭に続いているんですね。子供たちに庭で遊びながら順番待ちもしてもらっても大丈夫ですか？」

「無論そのつもりだ」

アランは鷹揚に頷いてみせたが、ふと真顔になって呟いた。

「ただ、今さらだが、このクリニックには一つだけ問題がある」

「え？　何ですか？」

「いや、いつでも君に会えると思ってこういう形にしたのだが、君の患者に妬《や》いてしまうかもしれないという可能性を考えていなかった」

「……またそんなことを」

呆れるマナにアランは不敵な微笑みを浮かべていたずらっぽく言った。

「その場合どうなるか、もう分かっているはずだ。甘んじて受け止めてもらおう」

「うっ……」

オペラ会場で少年を助けた後の尋常ならざる展開を生々しいまでに思い出してしまってマナは耳まで真っ赤になって眉根を寄せる。

「もう、子供たち相手に嫉妬なんてしないでください……貴方の主治医であるのは今までと変わらないのだし……きちんと両方頑張りますから」

「貴女のことだからその点は心配していない。だが、兼業で忙しくなるところ申し訳ないが、実はもう一つ仕事を頼みたいと思っていてね」

「え？　もう一つ？」

「ああ——」

そう言うと、アランは胸元から小箱を取り出した。

蓋を開くと、中にはアレキサンドライトをあしらったシンプルなデザインの指輪が収められていた。

「……っ⁉」

思わぬもう一つの贈り物にマナは息を呑む。

（これって……まさ、か……）

大きく目を見開いたまま動けずにいる彼女へと、アランは改まった面持ちで告げた。

「マナ、私と結婚してくれるかね？　まだ恋人になって間もないし、少々気が早いとも思うのだが——やはり君以外には考えられないという気持ちは募る一方でね」

「……アラン」

いつになく緊張した面持ちの彼に、マナは笑いを誘われる。

「その仕事に関してはあまり自信はありませんけれど……最善は尽くします。それでもいいですか？」

マナの返事にアランは安堵の表情を浮かべると、「ああ、それで構わない」と答え、彼女の薬指へと指輪をつけた。

アレキサンドライトは日の光を浴びて深い緑の輝きを放っている。

宝石などにはあまり興味のないマナも思わず見入ってしまう。

「不思議な色……青いような緑のような……深い色合い……」

「ああ、アレキサンドライトは日の下では緑に、夜には赤へと色を変える稀少《きしょう》な宝石なのだよ。

貴女にぴったりだと思ってね」

「……どういう意味ですか？」

「さあ」

目を眇《すが》めて軽く睨《にら》んでくるマナにアランは肩を竦めてみせると言葉をつづけた。

「アレキサンドライトには、高貴・誕生・光栄・出発という意味もあるのだよ。今の貴女にこそつけるにふさわしい。きっと貴女の新たな門出を守ってくれるだろう」

「なるほど……宝石に意味があるなんてことも知りませんでした……」

彼の思いの丈が凝縮されたかに思える指輪にマナは目を細める。

こんなにも自分のことを想ってくれる人に出会えるなんて思いもよらなかった。

傷だらけになりながら全て一人で背負ってきた過去の自分を思い出すと、切なさに胸が詰まる。

「どうかしたのかね？」

「いえ、ただ、もしも過去に戻れるなら、昔の自分に伝えてあげたいと思って。貴方は一人じゃない。何も心配はいらないって……」

「……ああ、それを伝えられたらどんなにいいかしれないな」

そう言うと、アランは指輪を見つめて涙ぐむマナの身体を優しく抱きしめた。

窓から差し込む穏やかな午後の日の光が、二人の姿を柔らかにけぶらせている。

マナは満ち足りた思いで彼の胸へと顔を埋めると、静かに目を閉じた。

「……もう少しこのままでいてくれますか？」

「貴女が望むならいつまでも」

甘く切なく優しい時間がいつも以上にゆっくりと流れていくマナの目尻には、一粒の涙がアレキサンドライトに負けじと輝いていた。

あとがき

みかづきです。まさかの⁉　紳士×女医モノに初挑戦です！

編集さんと打ち合わせのときに、このネタが異様にもりあがったんです。

でもって、私曰く、「ヒーローが医師はあるけど、女医はないですねー」っと！

編集さん曰く、「女医ってエロくない⁉」、しかも賢い女性が必死に抗いながらも結局は紳士のされるがままに……ゴクリ。

うん、やっぱりごちそうさまです！

やりましょう！

みたいな勢いでとんとん拍子に内容がきまりました。

いやぁ、私のオヤジ部分と乙女部分が握手！　みたいな奇跡（言い過ぎ⁉）にも近いテーマだったと思います……。

久しぶりに、両方がバッチリ融合！　って感じでした。

そう……何を隠そう（？）、素敵な紳士も大好物ですが、かわいい女の子も大好物なので。

へっへっへ。

元々は男性向けメインで書いてましたしね！

あ、久々に今年は男性向けも書きましたけれど！

ただし、プロットまではよかったのですが、実際に本編の執筆に入ってからがかなり難しかったです。

いつものヒロインよりも厄介な性格の子だったのでてこずりましたし、ヒーローもあまり多くを語りたがらないこれまた厄介な性格でして……。

なかなか思いどおりに動いてくれないという……。

プロットからも大幅にズレてしまいました。

いや、いつもズレるのがデフォなんですが、今回はいつも以上でした。

それでもなんとか書ききることができまして……本当に……久しぶりに相当カツカツなスケジュール……編集さん、イラストレーターさんに頭があがりません……。

お世話になりました。この場を借りてお詫びとお礼を……。

と、まあ……苦労はしたのですが、本作のキモ⁉　の、診察H、逆診察Hなどを始めとする医療系のアレコレを書くことができてとっても楽しかったです！

近年、ハード系っぽいのはちょっと……と敬遠されがちということもあって、久しぶりに道具系などをごにょ……。

昔はナチュラルにもっとハードなプレイ系もやらかしてたなあ（書いていた）と懐かしく思いながら書きました。

ホントはもっともっと！　とも、思ったのですが、と、とりあえず……この程度で（どの程度かは本編で）！

でも、ぶっちゃけ医療系のプレイってもっといろいろできそうですよね？

マナの責めもいいかもなあーとか、逆でもっとハードなのもありかなあと……妄想がはかどります。

いろんな器具もあるしね⁉　診察の数だけ診察Hもあるのだよ⁉

うん、個人的に……なんか番外編なども……どんな形でもいいので書けたらいいなぁなんて妄想が広がります。

いや、常に仕事に追われているもので、なかなか時間がとれなくはあるんですが、それでも診察Hはまだまだ書きたい……。

ただ、ホントコレ系って……みなさんがどの程度ついてこれるかが分からないので、実験的にアレコレやってみるしかないのかなあとも……。

まあひとまずは心の中にそっとしまっておきます。

いつ駄々洩れてくるか分かりませんが、それはまあまたそのときということで！

ただ、これだけは言えるかと……。

マナたちはこれからも絶対アレコレやってそうだなぁと……。

何せ条件はこれでもかって整いすぎているっていう……まさにやりたい放題！

そっちももっと書きたかったんですが、だからといって、いきなりやってちゃ微妙というか……紳士道に外れるしなぁと。

これがまあ、実は、本作に限らずのジレンマでして……。

そう、変態紳士は大好物なんですが、実は結構書くのは難しかったりします。

何せ、「紳士はそんなことなんてしない！」というのが大前提で、「でも、理由があればいいよね！」っていう言い訳を用意してごにょごにょと……。

とまあ、難しいけれど、やっぱり大好物なんで、これからも頑張っていろんな紳士（変態率高め）を書き続けたいと思います！

時代の流れに合わせて強弱つけつつ……己の煩悩をギュッと詰め込んで。

今までのもこれからのも……いろいろ書いていますので、お好みの紳士を見つけていただければと思います。

あ、男性向けやあと……ちょっとBL……オメガバースあたりなんかも……げふんげふん……近日中に……げふん。

もちろん、女性向けもいろいろなタイプのモノが予定されていますので！
そちらもよろしくです。
既刊もそれこそよりどりみどりだったりしますので！
節操ないってドン引きされている可能性もなきにしもあらず……ではありますが。
どうぞこれからもお付き合いいただけると幸いです♪

みかづき紅月

石油王の略奪
愛執の檻
みかづき紅月
Illustration Ciel
君を穢していいのは俺だけだ
「初めてでこんなに淫らに狂うなんて。教え甲斐があるというものだ」政略結婚を前に初恋の相手であるクライヴと再会したティナ。彼は自分を待たずに婚約したティナを責め、婚約会場の片隅でティナの身体を強引に奪う。巨額の富を持つ石油王となっていたクライヴは、大胆不敵な方法でティナを城から誘拐。片時も離さず、淫らな行為を教え込む。抵抗しつつも愛する人に抱かれる悦びに震えながら、皇女の義務を忘れられないティナは――!?

絶対君主の独占愛
仮面に隠された蜜戯
みかづき紅月
Illustration Ciel
君を独占しよう。
だから私を憎むがいい。
父王の死によりケルマーの王位を継いだシシリィに隣国アルケミアの王ゼノンは強引に求婚し、会見の席で激しく彼女を陵辱した。「抵抗しても無駄だ。君は私のされるがまま――何をされても抗えない」屈辱と憤りの中で感じる恐ろしいほどの快楽。国益のために結婚を承諾した後も彼の専横が許せないシシリィをゼノンは圧倒的な力で組み伏せ包み込むように溺愛してくる。祖国への気持ちとゼノンへの気持ちを整理できないシシリィは!?

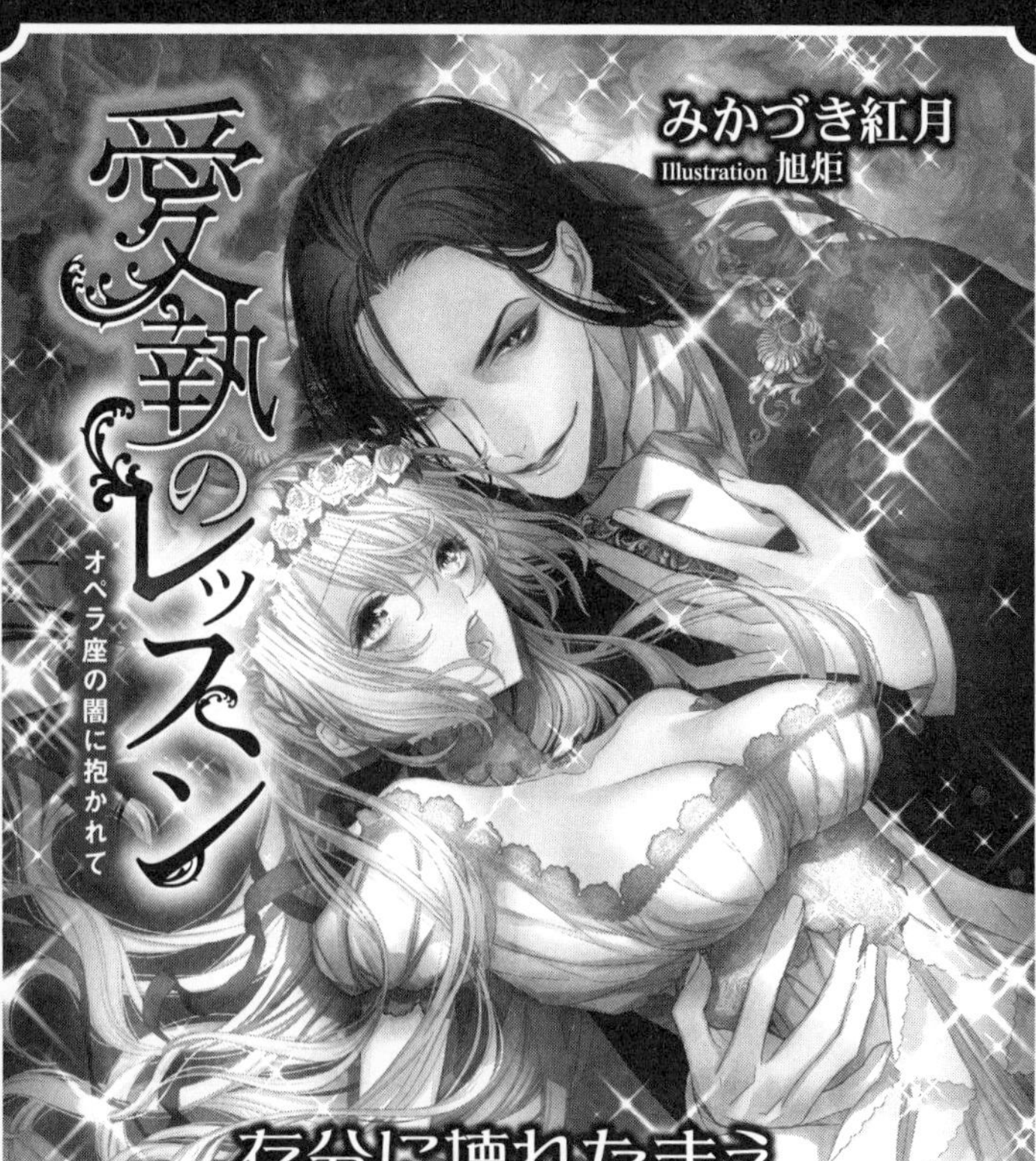

オペラ歌手を志すアンジュは、ある夜、レストランのステージで立ち往生しそうになったのを、突然現れた仮面の紳士の助力により事なきを得る。後日、感謝の気持ちから彼の謎めいた招待に応じた彼女だが紳士はアンジュの手首を縛り淫らな行為をしかけてきた。「君の歌声の限界を確かめさせてもらおう」ボックス席の中とはいえオペラ座の観客席で胸を露わにされて受ける屈辱的な愛撫。しかしアンジュの身体は燃えるように熱くなり甘い声をあげてしまう…愛と復讐のドラマチックロマン!

みかづき紅月
Illustration ことね壱花
奪愛トライアングル
悦楽と執着の蜜夜
奪い合い、愛し合う…淫らで熱い三人の関係の行方はー？
次期女王の資格を得たジュスティーヌは女王からあるしきたりを告げられ驚愕する。女王の配偶者は奪い合いで決まるというのだ。最終候補は彼女の幼馴染みでもあるセドリックとグレン。二人の手で処女であることを確かめられ屈辱の中で感じてしまうジュスティーヌ。「嘘よ…こんな、ありえない」毎日行われる決闘の勝者に繰り返し激しく抱かれ変わっていく身体。親世代からの因縁の果て狂気のような悦楽に浸る三人の愛の行方は!?

薔薇に喩えられる姉ロゼリアと比べられ、〝棘の君〟と呼ばれるリーゼロッテは、姉の婚約者である国王、ウォルドを密かに慕っていた。そんな中、ロゼリアが婚約破棄を言い出したことで突然、王の花嫁候補となりとまどいを隠せない。一方のウォルドは何の屈託もなく彼女に愛情を注いでくる。「かわいがりたい気持ちが止まらないんだ」夜ごとに愛され快楽を教えられ募る恋心。しかし別の有力貴族が婚約者交替に異議を唱えて!?

冷血公爵の溺愛花嫁
姫君は愛に惑う
小出みき
Illustration Ciel
政略結婚で嫁いだ公爵には
ある噂があって!?
父王の命で公爵リーンハルトに嫁ぐことになったフィオリーネ。初めて会う彼は美しく凛々しい騎士だが、フィオリーネに素っ気なく、初夜の床でも触れてこない。ぶっきらぼうだが優しい彼に惹かれていくフィオリーネは、ある夜、彼の許を訪れる。「泣いたって遅い。精一杯、礼儀正しく、大事にしていたのに、ぶち壊したのはあなた自身だ」熱く激しく口づけられ翻弄されるフィオリーネ。初めて知る悦楽の中、夫の深い愛情を知り!?

キスだけじゃ満足できない。もっとお前が欲しい。

ローズは騎士団長アルフレッドの妹を事故から庇い負傷したことで彼から求婚される。婚約者のいたアルフレッドがそれを解消してローズに言い寄るのは義務感からだろう。彼を想うがゆえに拒絶するローズだが、アルフレッドは強引な手段まで用いて迫ってくる。「お前の可愛い反応を見ていたら欲情した」恋しいアルフレッドに熱く甘く愛され、ますます彼と離れがたくなるローズ。だが夜会で彼の元婚約者に悪意をぶつけられて⁉

蜜猫 Mitsuneko Label

蜜猫文庫をお買い上げいただきありがとうございます。
この作品を読んでのご意見・ご感想をお聞かせください。
あて先は下記の通りです。

〒102-0072　東京都千代田区飯田橋 2-7-3
(株)竹書房　蜜猫文庫編集部
みかづき紅月先生 / みずきたつ先生

富豪紳士の危険な溺愛
～昼下がりの淫らな診察～

2018年12月29日　初版第1刷発行

著　者　みかづき紅月

発行者　後藤明信

発行所　株式会社竹書房

〒102-0072 東京都千代田区飯田橋 2-7-3
電話　03(3264)1576(代表)
03(3234)6245(編集部)

デザイン　antenna

印刷所　中央精版印刷株式会社

Printed in JAPAN
ISBN978-4-8019-1703-3　C0193
この作品はフィクションです。実在の人物・団体・事件などには関係ありません。